如果世界上真有舍义，
安宁相信，
在那一刻祂愿意为了阿穆勒降临。

沈卿

异域少年

荒野诡事

沈卿 编著

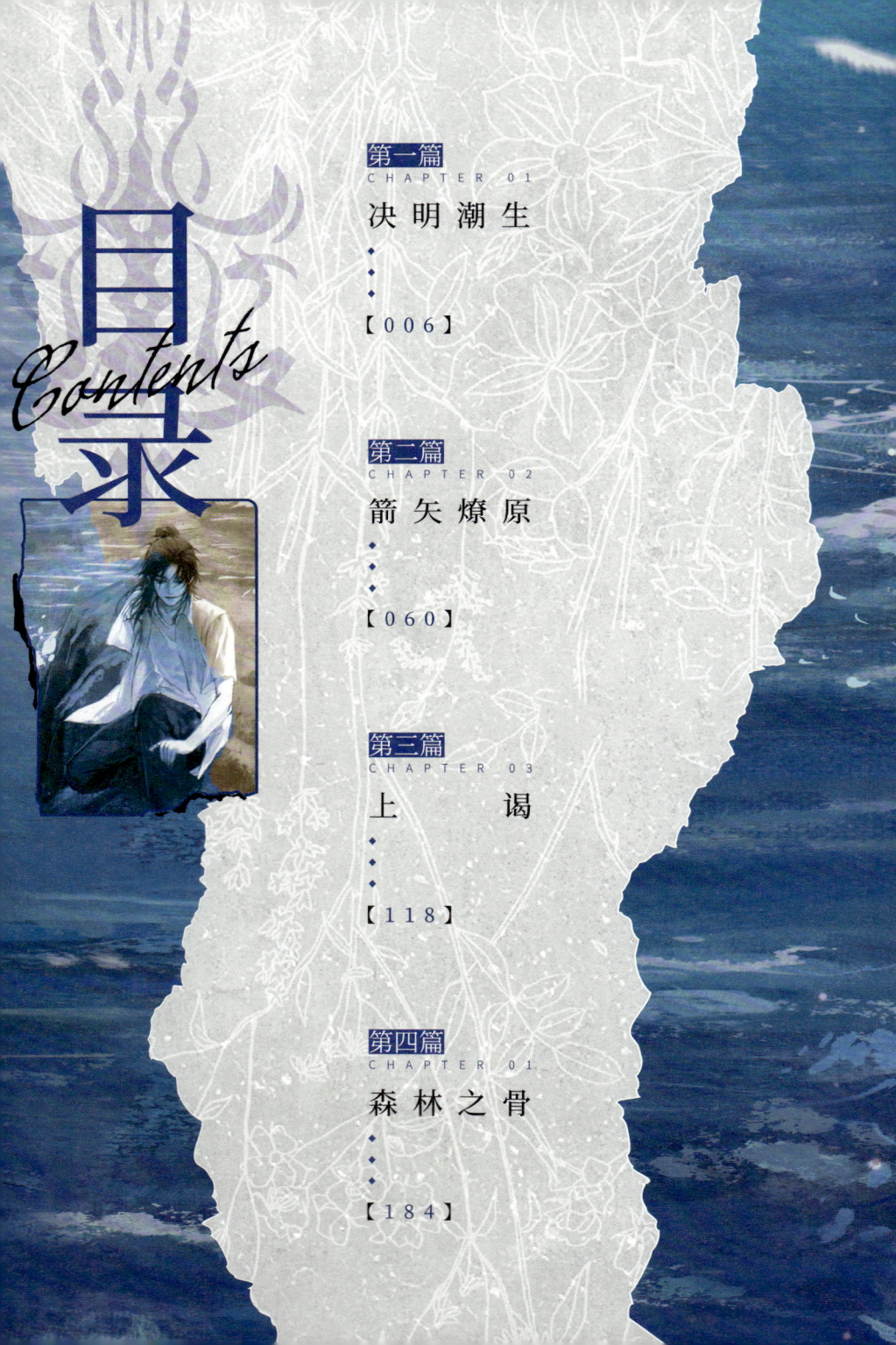

目录 Contents

第一篇 CHAPTER 01
决明潮生
【006】

第二篇 CHAPTER 02
箭矢燎原
【060】

第三篇 CHAPTER 03
上谒
【118】

第四篇 CHAPTER 01
森林之骨
【184】

"山里的孩子，应该看看大海。"
——《决明潮生》

"青鸟,我死后,可以埋葬在你脚下,变成一捧泥土吗?"

——《上谒》

你不相信我吗。

这句话声音轻到过分，即使在寂静的墓道中，也到了低不可闻的程度，但听在两人的耳中，却不亚于一声惊雷。

这声惊雷曾响彻三年前的雨夜。

陆潮声一舞结束，身上的银色铃铛仍跳荡不休。黑影垂下头，似乎要亲吻自己的信徒——或者说，自己的祭品。

「决明潮生」

Juemingchaosheng

文 / 莫奈何

野狐禅流派作者，文风细腻，所涉题材驳杂，已出版作品：《昆仑雪》。

落拓不羁天才鬼医 **商决明** × 以身献祭南巫后裔 **陆潮声**

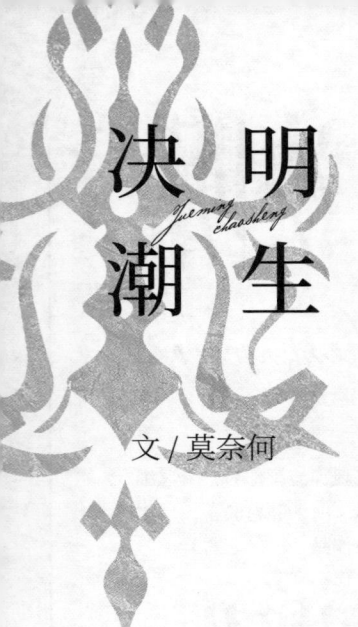

决明潮生

文 / 莫奈何

灰头土脸的小诊所和一堆脏兮兮的门脸挤在街边,玻璃上贴着"正骨推拿、专治不孕不育"的红字。诊所内露出海绵的皮沙发上坐着几个输液的人,小孩抢着遥控器,按得小电视一阵乱响。

商决明在白大褂里穿着大裤衩和汗衫,挤在看喜羊羊的小孩中间吃卤鸭脖。

"商医生,这么大的人了,也该找个女朋友了。"小卖部大妈扁桃体发炎还强撑着和商决明搭话,"你喜欢什么样的?王姨给你介绍啊!"

"算了,我配不上人家。"商决明漫不经心地说。

商决明常年穿着拖鞋汗衫招摇过市,脸上胡子拉碴的,却依稀能看出他英挺的眉眼。他虽然一穷二白,但在这一条街也算是比较有正形的。

王姨还要再开口,忽地被外头的动静吓了一跳。

一排越野车风驰电掣地行驶过来,动静大到震得一条街上的玻璃都在哗哗作响，最终齐刷刷地停在诊所门口。商决明叼着一截鸭脖，看向大步走进诊所的一行人。

五六个人穿着清一色的黑色工装裤和修身的背心，脸上还挂着墨镜，一看就不是好人。为首的是个高挑靓丽的女人，她摘下墨镜晃了一下，冲商决明笑了笑。

女人分明有异国血统，眼珠是清澈的蓝色。

顿时小诊所里骚动起来。

商决明放下卤鸭脖，抽出一张纸擦了擦手。

"哟，这都是什么人啊？"王姨一边打量对方，一边问商决明，就是声音有点颤。

"放高利贷的。"

商决明按着女人的肩膀往外推，女人配合地往外走。小诊所里的病患目瞪口呆地看着商决明跟着他们上了车，车队很快又轰轰烈烈地开走。

"要不要报警啊？"

良久，有人呆呆地问。

"商，好久不见。"

商决明看了一眼外头晦暗的天空，说："又没太阳，戴墨镜装个什么劲？"

"怕给你惹麻烦啊。"娜塔莎笑笑，善解人意道。

"你也知道这样会给我惹麻烦。"

商决明靠在座椅上，左右都是肌肉壮汉，狭小的空间里一股汗臭味。

"我金盆洗手那天发过誓，再出山就不得好死。"商决明说，"我们这么熟，你别害我。"

"我的人观察了你半个月，你每天早上十点开门，六点关门，除了效果堪忧的男科神药外，就是卖卖抗生素和红花油，生意很一般。"娜塔莎摆弄着墨镜，轻描淡写地说。

商决明强调道："在这条街上生意已经很不错了。"

"我知道你不缺钱，但是你活成现在这个样子——"娜塔莎伸出一根手指，对着他上上下下地比画了一下，"我觉得你还不如死了。"

商决明一脸光棍样，开口："接下来你该不会是要把车开到跨江大桥上，按着我的脖子让我选跟你干还是下江喂鱼吧？"

娜塔莎愉快地笑起来，说："怎么会？跨江大桥上有监控。"

商决明挑起一边眉毛，死猪不怕开水烫似的。

"我听说在你们的风俗文化里，非常在意入土为安？"

商决明的脸色一下子就变了。

娜塔莎打了个响指，车窗缓缓降下。车队行驶在人迹罕至的公路上，两侧林木葱茏。商决明对这条路很熟悉，每年清明、父母忌日和自己生日时，他都要来一次。

"你们想干什么？！"商决明死死地盯着她。

"不是我，是我的老板。"

娜塔莎耸耸肩，说："他听说你是个很难搞定的人，所以买下了这片墓园。如果你跟我们走，墓园会正常地经营到你被埋下去的那一天；如果不，后果我也不知道。"

商决明咬着后槽牙说："你老板是神经病吗？"

娜塔莎深以为然地点点头，说："我经常建议他做体检的时候顺便做做这方面的检查。"

六月初一。

商决明把滑下来的墨镜往上推了推，仰头眺望这条横亘千里的山脉。

苍青色的一抹痕迹仿佛要融化在偌大的天幕下，淡淡的云雾笼罩在山巅，像是挥之不去的阴影。即便太阳炙烤得路面上的砂石发烫，看似微薄的云翳依然不能被撼动分毫。

娜塔莎从越野车的另一边绕过来，递给他一瓶矿泉水。

"再往里就是个南巫寨，路太窄，只能用摩托车把物资驮上去。"娜塔莎公事公办地说。

"都临门一脚了，还不打算告诉我，这单生意是什么吗？"商决明懒洋洋地问，"该不会是哪个仇家要借机把我骗过来，一铁锹埋了吧？"

娜塔莎拍着他的肩膀大笑出声，说："在我们之前，已经有四支雇佣队伍葬送在这里，其中不乏行内有名有姓的。如果是为了你的命做这个局，那也太大手笔了。"

商决明挑挑眉毛。

娜塔莎走到车队末尾，靠着窗户说了几句话。商决明一直留意着车队内的动静，他知道那辆车里除了司机，只有一个护士和一个老人。

片刻之后，娜塔莎招手示意商决明过去。

商决明溜溜达达地走到车边，吃了一惊。

这个老人消瘦得眼珠凸出，像是一张人皮，徒留骨架支撑，但他的眼睛却出奇的亮。商决明在很多雇主身上都看到过这样的眼神，像是黑夜篝火，燃烧着欲望。

"这位是专门研究西南地区南巫人古文化的专家，封教授。"娜塔莎说，"就由他给你讲解吧。"

封教授干枯的两指间夹着几张照片，他将它们递给商决明。

照片上是一件被放在玻璃展柜中的南巫服，深蓝的底色上用青色、蓝色、黄色的丝线绣着繁复的图案，丝线的色泽微微暗淡。商决明往下翻，分别是同一件南巫服不同角度的细节照。

"这是什么，"商决明一头雾水道，"物质文化遗产？"

"你在西南发家，应该知道南巫人的一些习俗和历史，比如南巫人历史上曾有三次大迁徙。南巫人没有文字，就通过服装上的纹路记录他们的历史。"封教授不理会他的不着调，自顾自地往下说着。

"知道一些，比如蓝色代表河流，黄色代表山峰。"商决明反复观察那几张照片，说，"这件南巫服的花纹确实不太一样。难道这是一张地图？"

封教授点点头，说："没错。"

商决明沉默片刻："这些花纹的象征意义大于实际意义，但是你们既然已经把我带到这里来了，说明你们已经确认了地图上的目的地，换句话说，你们找到了能看懂地图的人。"

娜塔莎满意地点点头。

"那我就更不明白了。"商决明晃着照片笑了笑，"行内多少好手，我相信能雇得起你的人，不会吝啬。有钱，有地图，有向导，干什么非得抓着我不放？"

"因为我们派出去的人都没有回来，其中不乏你说的'好手'。"娜塔莎轻描淡写地说，"商，不到万不得已，我不会找你。在这一点上，我没说谎。"

商决明皱起了眉。

娜塔莎大手笔地租了一片屋子，安置车队人手和物资。她隶属一家跨国雇佣安保公司，跟商决明这种泥腿子不同，支付得起价格高昂的专业设备。商决明蹲在大门口抽烟，眼神毫无遮拦地打量门口路过的男女老少。这里的南巫寨相较于城市还是比较落后排外，连唯一一座小学也荒废多年，寨民对"外人"非常敏感，看商决明比小学生看猴子还新鲜。

但主要是因为商决明还穿着诊所里那身汗衫和大裤衩，邋遢得仿佛摆个碗就能开始要饭。

"你现在怎么脏得像条流浪狗一样？"娜塔莎拎着套衣服丢在他头上，嫌弃地说，"山里晚上会降温，把你那身皮扒了。"

"从我爹妈没了的那天起，我就是条丧家犬了。"商决明怏怏地扒了汗衫，把衣服往头上套，"你老板到底要找什么？"

"这部分内容涉及保密协议。"娜塔莎闲散地说。

商决明咬着烟屁股，露出一个狰狞的笑容："真想把他的气管切开灌水。"

"那得等他把尾款付了才行。"娜塔莎无所谓道。

背后的吊脚屋里传来一阵痛苦的呻吟声，两人不约而同地转头看过去，是封教授在护士的帮助下吞下大把药片。

商决明有种很不好的预感，道："你不会打算带着这个药罐子进山吧？"

娜塔莎沉默。

"你这样太不人道了。"商决明谴责道。

"买下墓地，挪人父母骨灰就人道了？"娜塔莎狡辩道，"我只是个打工的！"

商决明冲她那个不知道是什么物种的老板翻了个白眼。

一阵清苦的气味横插入两人之间，像是暴雨后草木流淌出的气息。商决明大学学的是化学，当初泡在实验室里，嗅觉早就被各路化学试剂阉割，可闻到这股味道时却还是忍不住战栗。

他抬起头，隔着消散的烟雾，看见一张秀气的脸。

太阳沉下地平线，整个世界陷入黑暗，南巫寨里稀稀拉拉地亮起灯光，稀疏得像是星光，在少年身后浮动。

商决明指间的烟灰掉了一截。

"你好，我是陆潮声。"少年笑了笑。

娜塔莎伸出手，客气地说："叫我娜塔莎就好，这位是商医生。"

陆潮声皮肤很白，是那种不见天日的白，晶莹剔透得像是冰晶。他低头看向发呆的商决明，纯黑色的眼瞳里荡漾着点点滴滴的笑意，像是涟漪。

"你好，商医生。"

娜塔莎手底下都是些练家子，白种人黄种人皆有，个个龙精虎猛，脸上就写着很不好惹四个字。陆潮声穿着洗得发白的牛仔裤和简单的杂牌球鞋，略长的头发在颈后扎成一根小辫子，温顺、无害，像是误入虎狼窝的小羊羔。

"我来介绍一下，这位是陆先生，寨子里最后一任祭司的孙子。"

地图就是他帮助我们解析出来的。"娜塔莎道。

此言一出，好些人的目光开始不善。

"祭司"一词与科学文明的现代社会格格不入，眼前这个少年看起来更是不沾边。谁也不知道他是不是为了丰厚的酬劳信口雌黄，于是更加觉得他不可信。

头顶的灯泡光线昏暗，陆潮声的眼睛被长长的额发遮住，叫人看不真切。

商决明靠在墙角，默默地观察陆潮声。

"地图是我解析出来的，我知道你们有人没能回来。"陆潮声轻声说，"说不定他们还活着，我会跟你们一起进山搜索的。"

商决明看向娜塔莎——看来陆潮声根本就不知道娜塔莎等人的来意，也不知道这些人动机不纯，还以为她是来兴师问罪的。

娜塔莎装模作样地说："那就最好了，人命最重要，还希望陆先生配合我们把人救出来。"

商决明略带怜悯地看向陆潮声，陆潮声却突然抬头，目光和商决明撞了个正着。

商决明的呼吸慢了一拍，一丝不适转瞬即逝。

次日，清晨。

商决明披着衣服从屋子里出来，看见陆潮声坐在树下，呆呆地仰望头顶的枝叶。浓绿的枝叶间衔着露水，有风吹过，露珠打在他的睫毛上，他眨了眨眼睛。

"你在看什么？"商决明走过去问道。

"商医生，早。"陆潮声说，"我在听风。"

陆潮声说话很慢，一个字一个字的，咬得很清晰，像是不常跟人说话，所以每说一个字都要仔细斟酌似的。

"听风"这个有些荒谬的说辞出自陆潮声的口中，却叫人莫名信服。

商决明坐到他身边，问："我听娜塔莎说，你奶奶是祭司？"

陆潮声点头，说："寨子里每年祭祀山神，都是我奶奶主持。不过她已经去世很久了。"

"你为什么会帮他们解析地图？"商决明问。

"阿桑生病了，娜塔莎小姐说，会送阿桑去治病，我就替她解析了地图。"陆潮声问，"有什么问题吗？"

"阿桑是谁？"

"是贵叔的女儿。"

商决明盯着陆潮声那双黑色的眼瞳看了许久，直到院子里的人陆陆续续醒来，才开口道："那些人的失踪和你没有关系，你不要进山，我会替你和娜塔莎解释。"

陆潮声微微有些惊讶，问："为什么？"

"不为什么。"商决明强硬地说，"这件事和你没有关系。"

"不行。"陆潮声拒绝了，"没有人带路，你们会和前面的人一样迷路的。"

商决明有些恼火，正要说些什么，就看见娜塔莎沉着脸走过来。

"商，做好你分内的事。"娜塔莎警告地扫他一眼，对陆潮声道，"我们可以出发了。"

一群人浩浩荡荡地向着大山深处进发。

封教授随身带着个文件袋，被一名队员背在背上，精神尚佳。娜塔莎在最后方断后，以免有人掉队，商决明和陆潮声在前面开路。

起初脚下还有凌乱踩踏出来的小路，草木间红土裸露，枝叶间也有细碎的阳光洒落。越往里走，温度就越低，头顶的树枝像是层层叠叠盖下来的巨手，将阳光彻底隔绝。

陆潮声用镰刀砍断疯长的蕨类植物和灌木，勉强开出一条路来。商决明时不时地看一眼手腕上的机械表，确认他们前进的时间和距离。一路上只休息了很短的时间，封教授从队员的背上爬下来吃药。

商决明喝了口水，大致推算了一下时间。

他们已经进山十二个小时了，现在应该已经是黄昏，但树林密不透风，光影和时间在这里都非常模糊。

"你们的人是在这里走散的。"陆潮声说。

娜塔莎走上前，狐疑地看着陆潮声。

陆潮声却后退几步，扯过一条树枝给她看，沉思许久才开口道："这里的树枝是被人用刀砍断的，因为是很细的枝条，所以长得很快。最后一队人进山是半个月以前，断面已经不太明显了。我刚刚一边回忆地图，一边找他们留下的痕迹，他们确实是按照地图走的，但是从刚才开始，那些痕迹全部消失了。"

寂静的深林里忽然显得可怖起来。

娜塔莎心里有些不安。

"走散"的可能性很小，那些人都是老手，不会犯这种低级错误，更大的可能性是他们在这里遭遇了什么不测，惊慌失措之下四处奔逃。

陆潮声有些担心地问："山里太大了，要不下山找几个人来一起搜吧？"

娜塔莎没有回答，目光飘忽地落在队伍中。

没等商决明捕捉到她的目光落在谁的身上，她便很快下了决断："不能下山。大家原地休息，我在这附近找找，明天继续前进。"

"还是我去找吧。"商决明站起身道，"这种地方我比你熟悉，再往里走，蛇虫就多起来了，大家做好防护措施。"

陆潮声说："我和你一起找。"

娜塔莎皱着眉打量这两个人，封教授忽然剧烈地咳嗽起来。娜塔莎顾不得和他们拉拉扯扯，囫囵答应下来便去照看那个病骨支离的老人。

商决明打着强光手电筒，在茂盛的树林间行走。山里的生态环境很好，植物疯长的速度惊人，那些人留下的痕迹被遮盖得七七八八。陆潮声对植物的断面、长势很敏锐，在他的帮助下，商决明很快就发现了几枚被落叶遮盖的鞋印。

是娜塔莎的雇佣队伍中统一配备的战术靴的鞋印。

这种战术靴鞋底很硬，纹路很深，不容易打滑，也不容易进水、损坏。山民不会有这种靴子，只可能是娜塔莎的人。

"前重后轻，鞋印变形，看起来是逃到这里来的。"商决明拿出手机拍下照片，喃喃道，"他们遇见什么了？蟒蛇？"

"这里不会有蟒蛇的。"陆潮声却摇头。

商决明起了一身鸡皮疙瘩，问："你的意思是，别的地方有？"

"如果再往山里走，就有。"

商决明狠狠地打了个寒战，顺着鞋印延伸的方向往前走，陆潮声安安静静地跟在他身后。

"你多大了？"商决明有一搭没一搭地和他闲聊。

"十九。"

商决明有点吃惊，说："这女人真是一点人事也不干。"

陆潮声很轻地笑了一声。

"出去以后，就不要再和这些人打交道了。"商决明絮絮叨叨地说，"你年纪还小，不知道有的事情只要沾上了，一辈子也甩不掉。"

陆潮声闷不作声，猛地抓住商决明的腰带。商决明被腰带一勒，差点向后仰倒，脚步凌乱地撞在他身上。

"小心。"陆潮声说。

商决明震惊地看向脚底下潮湿的泥水，强光手电筒打在面前的土地上。他折断一根树枝向地面戳了一下，地面上的树叶被戳得向下沉去——是一片沼泽。

"你走在我后面，这也能看见？"

陆潮声点点头。

商决明一脑门热汗，手电筒打向深不见底的黑暗处，解释道："不是我没有防备心，而是我看见那里有个人，所以根本没觉得前面是个沼泽。"

惨白的灯光打在一个湿淋淋的人影身上，他背对着二人坐着，小心翼翼地抱着自己的膝盖，一动不动。他身下是一块石头，凭此支撑才没沉到沼泽底。

那人身上穿着黑色的作战服，商决明心里断定那就是前几支队伍的人之一。

"应该是个死人了。"陆潮声遗憾地说。

这么黑的地方，突然出现一道光亮，是个人都会有点反应。

"可是他是怎么跑到沼泽中间去的？"商决明困惑地用手电筒扫了扫周围，没有任何石头、道路可以通往那个位置。

商决明将光线定在那个人身上，忽然浑身一僵。那个人正在缓慢地转过身来，不是借助腰肢的力量转过上半身，也不是像惊悚电影里那样一百八十度地扭过头。

而是维持着那个抱膝坐下的姿势，整个身体转过来，像是八音盒里被扭动的玩偶小人。

光束落在那人的脸上，泡得发白、浮肿的脸已经无法辨认身份，眼眶黑洞洞的。

两道青色的影子突然从眼眶里窜了出来。

"快跑！"商决明当机立断，在陆潮声的肩膀上推了一把。

两个人不要命地沿来路狂奔。

在他们转身的瞬间，整个沼泽都沸腾了起来，小到拇指一般纤细、大到碗口那么粗的蛇从沼泽底爬出来，掀起一串又一串的泥水泡泡。尸体里的蛇也钻了出来，整个尸体干瘪下去，表皮空荡荡地贴着骨架，随风飘荡。

那个人不是自己跑到沼泽中央去的，而是被蛇咬死之后，从沼泽里拖过去的！

树林里低垂的枝条乱七八糟地抽在商决明脸上，他什么也顾不上，抓着陆潮声的手头也不抬地逃窜。身后无数鳞片摩擦过地面，伴随着落叶的声音叫人头皮发麻，好似有把锉刀在天灵盖上来回打磨。

手上的人忽然重重地往下一坠，陆潮声被树裸露在地面上的气根绊倒，膝盖结结实实地磕在地上。

陆潮声一个字都没来得及说出口，就见商决明从腿侧的口袋里抽出一瓶液体，狠狠地砸在穷追不舍的蛇群上。玻璃瓶四分五裂，一股刺鼻浓烈的气味散发开。商决明一手扛起陆潮声，一手将点燃的打火机扔在四下流淌的液体上。

火光轰然亮起，蛇群扭曲着逃散。

蛇是没有声带的，商决明却莫名觉得自己听见了尖叫声。

陆潮声昏昏沉沉醒来的时候，看见商决明一张胡子拉碴的脸在眼前晃来晃去。商决明叼着根燃了一半的烟，露出个没心没肺的笑容。陆潮声咳嗽起来，商决明不好意思地把烟头在地上摁灭。

"我中毒了？"陆潮声沙哑着嗓子问。

"你运气好，那条蛇死咬着你没松嘴。"商决明拍着他的小腿说，"不然我可分辨不出来咬你的是什么蛇。给你打了血清，已经没事了。"

"谢谢商医生。"

商决明大手一挥，道："我们两清了。"

陆潮声知道他在说沼泽的事，无声地笑笑。

众人在林间开辟出一片空地，搭了雨棚，生了篝火过夜。树林里空气潮湿，如果没有雨棚的话，露水浸湿衣服，人很容易生病。

商决明坐在篝火边，搓着掌心血肉模糊的伤口。他一坐过来，篝火边便散开不少人，众人谨慎地和他保持着距离，只有封教授和娜塔莎没动。

商决明知道自己之前的名声不好听，也并不介意。

"没事吧？"娜塔莎问。

"小问题。"商决明说，"只是我觉得有一点不对。"

"什么？"

"因果关系反了。虽然那个沼泽是挺吓人,但是按我们的推测,之前的人应该是在这里遇到了什么意外才被冲散的。"商决明抬头环视静悄悄的营地周围,"可是目前为止,这里什么都没发生。"

"还有一点。"陆潮声拖着受伤的腿走过来,说,"前后进山了四支队伍,每一支都没能越过这里往下走。这个地方不对劲,不能再留了,明早必须下山。"

娜塔莎冷冷地看着他。

商决明连忙插进两个人中间,说:"早点休息吧,明早再走。"说罢拽着陆潮声往另一侧去,按着他坐下。

陆潮声仰头瞪着他。

"你这个小孩怎么这么没眼色,"商决明戳他脑门,说,"看不出来她不是好人?这女人有一半战斗民族血统,跟她唱反调,你也不怕她扒了你的皮。"

"那你呢,你是好人吗?"陆潮声直勾勾地望着他问。

商决明沉默片刻,说:"我也不是,你千万别相信我。"

陆潮声的身体微微颤抖,像是被刚才的种种吓着了。这个涉世未深的少年这才明白,自己被卷入的根本不是什么深山搜救,而是一场亡命之徒的豪赌。

商决明有点心软,脱了外套盖在他身上,说:"早说让你别跟着来。"

商决明是被一阵咳嗽声吵醒的。

他一瞬间就清醒了,睁开眼睛看向咳嗽声的来源。护士轻轻地拍着封教授的后背,手心里放着一把药片。娜塔莎站在一边,长发垂下来遮住半边脸，商决明看不清她的表情。

商决明的脸色有点凝重。

娜塔莎注意到他的视线，冲他歪了一下头，意思是"看什么"。

商决明干脆扭过脸，看向熟睡的陆潮声。

陆潮声的睫毛有点湿，似乎是昨晚小小地哭过一回。商决明有些出神地想，南巫人大姓是杨、田、宋、罗，姓陆的南巫人似乎并不多。祭司这种身份几乎是代代相传，与血缘强绑定，商决明却从没听说过陆姓家族的祭司。

但陆潮声也是南巫寨里少有的不穿南巫服的，看上去和外界有些短暂的接触，并不完全与世隔绝。也许这支祭司传承早就断绝了，陆潮声根本不知道这个身份意味着什么。

陆潮声忽然醒过来，和商决明四目相对。

"商医生，怎么了？"

商决明有点尴尬，就坡下驴道："我在想，你的名字有点奇怪。"

陆潮声不解地看着他。

"越是封闭的地方，文化与思想越是固化。父母给孩子取名字脱不开自身的认识和周围环境，所以孩子的名字往往带有浓烈的地方特色。'潮声'，山里没有海，当然也不会有潮，你父母为什么给你取这个名字？"

陆潮声很愉悦似的笑起来，说："我不知道。我没见过我的父母，我是奶奶养大的。"

商决明窘迫地看着他，有种戳破别人伤心事的无措，没好意思再追问。

那边娜塔莎把人叫起来，准备往更深处前进。

陆潮声受了伤，动作有些迟缓，只好由商决明接下指挥棒。队伍里流传着昨夜二人的经历，气氛有些低沉。越往大山深处前进，前路就越是狭窄逼仄，只有枝叶断裂的声音回响，闷得叫人发疯。

商决明起初觉得有两道目光死死地黏在自己身上，片刻之后他才反应过来，那人不是在看他，而是在看陆潮声。

不知走了多久，商决明双腿发酸，竟然还听见了水声。

他手上机械地重复着劈砍灌木的动作，眼前忽然开阔起来。一条清澈的河流横在眼前，几根方方正正的石桩打在湍急的河水间，是最简单古朴的桥。

商决明死死地盯着那几根石桩，没有动。

身后的人却欢呼雀跃起来，因为河对岸有一座破败的房屋。他们没看过那张地图，但经验告诉他们，里面一定有好东西。众人不顾娜塔莎的阻拦，矫健地踩着石桩跨过河流。

"你看见了吗？"商决明僵硬地问娜塔莎。

"看见了。"娜塔莎咬着后槽牙，不友好地看向陆潮声。

石桩的青苔被人踩掉了，有人来过这里。

"我没有说谎。"陆潮声坚持道，"那条路就是没有人走过！"

商决明觉得整件事正在朝一个诡异的方向失控，他按了按太阳穴，说："不一定是陆潮声说谎了，或许有人也发现了沼泽里的尸体，或者别什么的线索，舍弃地图上的路线，绕行到了这里。毕竟陆潮声没有说谎的理由。"

"过河吧。"趴伏在队员后背上的封教授说，"地图上确实有这么一条河没错。"

商决明又看了他一眼。

河对岸的屋子是一座巨大的吊脚楼，众人犹豫着不敢上去。山里空气温暖多雨，谁也不知道这座看上去摇摇欲坠的楼会不会早就被雨水泡烂了根基，一踩就塌。

"这里以前有过住户吗？"有人不客气地问陆潮声。

"南巫人都是群居的，如果这里有过聚落，没理由只有这一座楼。"商决明在陆潮声之前开口说。

陆潮声也摇摇头，说："从来没听说过。"

封教授却对娜塔莎说："上楼看看。"

娜塔莎体重轻，一个人上楼风险比较小。她卸下身上的装备，只留下一把匕首，轻盈地踏上楼梯。商决明盯着吊脚楼看了很久，忽然上前用匕首刮开柱子的表层。

娜塔莎停住脚步，不解地看着他。

"放心上去吧，没事。"商决明收起匕首，说，"这是金丝楠木，抗腐蚀性非常高。"

人群中发出小小的惊叹。

金丝楠木价值高昂，如此高大的一座吊脚楼，如果全部用金丝楠木搭建而成，堪称豪奢，说是黄金屋也不为过。

商决明留了半句话没说出口。

这根柱子不仅是金丝楠木，还是金丝楠木中少有的水滴纹。水滴纹的形成条件极其苛刻，至少是生长了上千年的大金丝楠才有概率在自然死亡后，达数百年不动，树心枯烂，方才形成。

什么人会用这么珍稀的木材，在人迹罕至的地方修一座无人居住的吊脚楼？

不多时，娜塔莎从二楼探出脑袋，对封教授说："教授，我想你应该看看这个。"

商决明主动向封教授伸出胳膊，封教授意味深长地看着他。

"你应该不希望更多人知道你到底要找什么。"商决明笑笑，说，"和其他人比起来，我或许是一个比较好的选择。"

封教授什么也没说，只是把手放到他的手臂上，让他搀着自己上楼。

"我以为那根金丝楠木的柱子已经够离奇了。"娜塔莎闪到一边，让二人看清她身后那根吊脚楼的中柱。

"金丝楠木，"商决明喃喃道，"不是枫木。"

南巫人的吊脚楼非常讲究，用什么木材、用在哪里都有说法。南巫人视枫木为生命的象征，吊脚楼的中柱往往都是枫木，以期祖先庇佑，子嗣繁荣。

二楼是南巫人供奉祖先圣灵的地方，应当有一个神龛，但这里却空空如也。

"不仅如此，我没有在吊脚楼里发现任何人活动的痕迹，但也没有发现一粒灰尘，这里像是一座新楼。"娜塔莎严肃地说，"这和我们之前的判断不符。"

封教授却没有理会两个人在说什么，他跌跌撞撞地扑到金丝楠刨成的墙壁上，抚摸着历经千年而不腐的纹路，痛哭流涕起来。他过于瘦削，哭起来就像一只空荡荡的塑料袋在发抖。

商决明冷冷地看着封教授疯魔的样子。

"这就是你那个神经病老板要找的东西？"

娜塔莎犹豫了一下，说："不是。"

"那我换个问题,"商决明用陈述句的语气说,"这就是你那个神经病老板。"

"是。"娜塔莎承认了,"看出来了?"

"从来没见你这么关心老弱病残过,"商决明点了根烟,"这么拼,尾款没结吧?"

从封教授把南巫服照片递给商决明开始,他就猜到了。以娜塔莎谨慎的性格,不可能把这么重要的资料给一个外人。而且陆潮声既能带路,又通晓南巫人的文化历史,不必带一个麻烦的封教授。

教授说的不过是托词,封想必也不是他的真实姓氏。

"地图是真的,"封教授又哭又笑,失心疯般激动地大叫起来,"那个小孩带的路是对的!"

商决明叹了口气,很想给他来一针镇静剂。但他实在是太讨厌被蒙在鼓里的感觉了,所以耐着性子打起手电筒往墙壁上扫去。

墙壁上画的不是寻常的龙凤、莲花或者枫木,而是一幕幕宏大的场景。

先是一条鳞片宛然的通天巨蟒,所到之处树木倒伏、房屋倾塌,百姓流离失所。紧接着便是一个手持利剑的人,提剑斩蛇,脚踏山岳,使地面开裂,将被斩断的蛇扔下地面缝隙。

商决明越看越心惊。

和西方童话里的勇士斩恶龙不同,巨蛇死后灾难并没有停止。先是暴雨引发泥石流,再是山下居民接连感染疫病死亡,最后蛇群入侵聚落,到处都是毒蛇。

最后一幅壁画，是身穿盛装的女子在大蛇的坟前起舞，将自己作为祭品，平息大蛇的愤怒。

商决明看得一身冷汗，他想起了沼泽里的那些蛇。它们不仅咬死那名队员，将尸体拖到沼泽中心，小蛇还寄居在尸体中取暖，这已经超过了爬行类动物的本能。

封教授哗啦啦地倒出一把药片，商决明才略略回过神。商决明冷眼看着封教授吞下那些药，走上前拿起药瓶端详。

"这是伊马替尼，治疗脑瘤的靶向药。"商决明掰开他的手，拿过另外几瓶药查看，"还有止痛药和抗癫痫的药。你应该在医院，而不是在山里，你到底要找什么，那条蛇？"

"不是那条蛇，而是那条蛇守着的东西。"封教授轻抬了下手，娜塔莎立马会意，从随身的包里取出一份微缩文件。

商决明草草翻阅了一遍，里面有一份苏富比拍卖行的拍卖证明，拍卖的藏品正是那件南巫服。除此之外，还有一个人的病历，上面写着肺癌晚期，日期是十年之前。

"这个人叫罗三强，十年前查出来肺癌晚期，医生断言他只有半年可活。当时他的情况已经非常糟糕，肺纤维化严重，但是他活了十年——因为一块玉。"

商决明翻到最后一张照片，那是一枚玉环，翠色浓郁又剔透，像是一汪碧水。

"这样的人我找到了三个，无一例外，都有这么一块玉，或大或小。我找了专人鉴定，发现它们有相似的纹理，产自同一个玉石矿，上面存在某种特殊的磁场，能延缓癌细胞的生长，那三个人就是这么活下来的。"

封教授直勾勾地看着商决明，问："你觉得我有多少岁？"

商决明皱着眉，往保守了猜："四十？"

"三十五。"封教授笑起来，笑容癫狂又凄凉，"我三十岁查出恶性脑瘤，手术之后又复发，药物治疗只是杯水车薪，我不想死，我要活下去，我要找到那个蛇玉矿。"

他最初假借探寻古文化的名头，花了大价钱雇佣娜塔莎替他找那种玉石，又查找玉石矿的下落，最终找到了那件南巫服。他在苏富比豪掷千金买下南巫服，研究上面的地图，现在他离成功只有一步之遥。

一个将死的人最是等不起，所以在手下人接连失利后，他亲自来了。

商决明没表态，不为所动地看着他。

"我听说过你的事，如果你帮我找到了蛇玉矿，我可以把那个墓园转到你名下。"封教授诱惑道，"帮我。"

"不是我不想帮你。"

商决明靠在墙壁上，居高临下地看着他："你不觉得我们这一路顺得有点诡异吗？你们派出来了多少人，四十还是五十？死了那么多人，我们到现在也只是有惊无险。明明桥上有过人的痕迹，这里却什么都没有。"

"那都不重要。"封教授强硬地打断他，"我只要找到蛇玉矿，只要那个少年带路，我就能找到蛇玉矿！"

商决明被他眼中熊熊燃烧的欲望惊得一时之间不知道该说什么才好，楼外忽然传来慌乱的喊叫声，夹杂着各国语言的怒骂。商决明意识到出了事，娜塔莎怒骂一声，冲出吊脚楼，俯视楼下的人们。

这一眼，娜塔莎看见了蛇潮。

青色、黑色、红色的蛇群从四面八方涌来，鳞片摩擦地面发出"沙沙"的声音，像是在蚕食树叶。惊恐的队员们挤在一起，手忙脚乱地对着靠近的蛇群攻击。

破碎的蛇身和血液飞溅，其他蛇却像是丝毫感受不到危险似的，前仆后继地往前爬，吐着鲜红的芯子，露着寒光闪烁的毒牙。

黑夜无边无际，蛇潮不知何几。

商决明看了一眼，大声道："快上楼，它们没有要靠近吊脚楼的意思！"

十几个人疯狂地往上冲，护士和几个体力稍弱一些的人落在后面，其中一个人猛地抓着陆潮声扔向蛇群，阻拦毒蛇前进的趋势。商决明抓着栏杆猛地跳下去，抓着一包雄黄粉从天而降。

蛇的天性让它们下意识地避开满身雄黄粉的陆潮声，商决明抓着他三两步冲上楼。

陆潮声趴在地上剧烈地咳嗽，睫毛上浮着一层金灿灿的雄黄粉。

商决明转身，一拳砸在那个将陆潮声扔出去的人脸上。那人不服气地叫嚷起来，商决明抓着他的脑袋狠狠地撞在栏杆上，反折过他的手腕夺过武器。

"我警告你们，被卷进来的不相干的人，有我一个就够了。"

那人满眼泪水，畏惧地对着商决明点点头。

"伤害我们的向导，不如把他扔下去喂蛇吧。"封教授淡淡地建议。

商决明一言不发，在他脸上抽了一记，让他滚，封教授便不再发作。

队员中有人被蛇咬伤了，在护士的协助下，商决明很快便为他们处理好了伤口。幸而商决明带了足够的血清，否则这些人只有等死。

蛇潮似乎不敢靠近吊脚楼，众人暂时安心下来。

商决明处理完其他人,才走到陆潮声面前。

"别揉眼睛。"商决明用水打湿帕子,一点点擦去他脸上的雄黄粉,煞有介事地吓唬他,"雄黄粉里有硫,要是被揉进眼睛里,你说不定会变成个瞎子,可惜这么漂亮的一双眼睛。"

陆潮声睁开眼睛看着商决明,认真地说:"商医生,你的眼睛也很漂亮。"

"我从小被人夸到大,你随便夸奖,我不会骄傲的。"商决明坐在他身边,紧绷的神经略微放松了一点。

"他们为什么叫你鬼医?"陆潮声拢着外套,好奇地问。

商决明沉默良久,伸手在陆潮声掌心里写下一串数字,说:"记住了吗?"

陆潮声点点头。

"如果我死在这里,你就出去打这个电话号码,那个人会给你诊所的钥匙和一个地址。每年清明,你要去给那两座坟扫墓、上香,告诉他们商决明活得没心没肺,不来看他们了。"商决明说,"答应我,我就告诉你。"

"我答应你。"

商决明整理思绪,回头看自己三十多年的人生,千丝万缕,却找不到一个合适的开端,只好从头说起。

"我的父母,都是小学老师。"

商决明从小就是天才,学什么都学得快、学得好,做什么都能做到极致。商家夫妇待人接物非常宽厚,对于锋芒毕露的商决明常常感到担忧。

"过满则亏",商父是这么说的。

"我高考那天,父母出车祸去世了。我本来以为那是一场意外,结果每次考试都考第二名的那个同学找到我,跟我说,他就是要我一辈子都有遗憾。"

商决明说到最后几个字时牙关紧咬,颊边绷起坚硬的线条。

"可那句话只有我一个人听见,不能作为证据。而开车撞人的司机是证据确凿的醉驾,愿意赔偿,这件事就此不了了之。"

商决明在葬礼上把人打得头破血流,被派出所拘留了十天。他的父母在火葬场被烧成了一把灰,没有监护人能签字赔钱领他回家。

陆潮声接着问:"然后呢?"

商决明露出一个略带血腥气的笑容,说:"然后那个人就失踪了,活不见人,死不见尸。他父母笃定他的失踪跟我有关,要弄死我,我父母的遗产、我的学业全部打水漂。机缘巧合之下,我遇到我后来的师父,跟着他学医。"

后来师父寿终正寝,商决明给老人送了终,不再过问世事,靠着给父母扫墓那点念想浑浑噩噩地活着。

"我大学原本学的是化学,后来被迫转学了医,救过一些见不得光的人,人家给我面子,叫我声鬼医。"商决明老气横秋地拍拍陆潮声的头,说,"故事听完了,记得答应我的事。"

"为什么要救我?"陆潮声在黑暗中睁着眼睛,轻声问。

"你还是个小孩子呢。"商决明闭着眼睛说,"我爹妈当了一辈子小学老师,最见不得小孩受苦受罪。"

凌晨三四点，是人睡得最熟的时候。

商决明被人拍醒的时候下意识地去摸匕首，撞上陆潮声一双清亮亮的眼睛才回过神来。陆潮声竖起一根手指挡在唇前，示意他别出声。商决明听见什么东西在吊脚楼楼梯上摩擦的声音，细细密密的。

商决明的头皮在一瞬间炸开。

他们留了人守夜，而门口现在空空如也。月光洒在走廊上，商决明看见至少有人膝盖那么高的东西在走廊上涌动，黑漆漆一片。

"那是什么东西？"商决明用气音问。

"蟒。"陆潮声轻声回答，"别动，晚上出来的蛇都是瞎子，靠地面的震动分辨猎物的方向。"

商决明终于知道蛇潮为什么不靠近这座吊脚楼，吊脚楼里又为什么没有神龛了。

整座吊脚楼都是神龛，蟒蛇才是神龛中供奉的神，先前到达这里的人不是没有留下痕迹，而是痕迹被蟒蛇抹除了。蛇潮畏惧蟒蛇，所以不敢进入蟒蛇的居所。一无所知的人类还在这里休憩，躲避蛇潮的攻击。

守夜的人凶多吉少，蟒蛇似乎是吃饱喝足，短时间内不会进来。商决明忍不住放慢呼吸，生怕惊动巡视领地的巨蟒。角落里的娜塔莎也醒了过来，目光锐利地盯着门口的蟒蛇，手扣在热武器上。

外面的震动越来越明显，商决明脑子里狂奔过千思万绪，难道这蟒蛇吃撑了还要散步消食吗？

震动感从脚底下移动到头顶，蟒蛇似乎是攀爬到屋顶去了。商决明抬起头打量屋顶，金丝楠虽然结构致密，却不知道这座吊脚楼是什么时候落成的，还能不能承受蟒蛇的重量。

头顶的动静忽然消失，蟒蛇仿佛是停下来了。

商决明却丝毫没有放松。

巨大的蛇首忽然从屋顶探下来，几乎挤满整个大门。娜塔莎毫不犹豫地扣下扳机，子弹打在蛇头上。所有人在一瞬间醒来，茫然又惊恐地看着娜塔莎和巨蟒对峙。

巨蟒痛苦地扭动着身子，整座吊脚楼摇摇欲坠。

回过神来的人抄起手边的武器，枪林弹雨在鳞片密布的蛇头上撕开寸寸血肉。蟒蛇的尾巴愤怒地拍打着吊脚楼，仿佛要将其震塌。娜塔莎和商决明同时做出一个动作，抓着身边的人从窗口翻出去。

娜塔莎抓的是封教授，商决明抓的是陆潮声。

蟒蛇受伤后不仅没有退缩，反而猛地将头顶进屋子里。吊脚楼的二层被顶得支离破碎，来不及撤出去的人被撞在墙壁上，半个头都被蟒蛇咬进嘴里。

娜塔莎抓着匕首翻上楼，趁蟒蛇将头塞进屋子里横冲直撞的空隙，凶狠地将匕首扎进它的脊椎。蟒蛇低吼着挣动下半身，尾尖铁鞭似的抽在娜塔莎的肩膀上。娜塔莎惊呼一声，肩膀脱臼的痛苦令她匕首脱手，险些直接从楼上掉下来。

商决明抓着栏杆飞快地攀上楼，按着蛇背上的匕首深深没入，顺着脊椎神经狠狠地划开。

神经中枢被摧毁的蟒蛇身体瘫软，庞大的身躯无力地从屋顶滑下，砸碎二楼走廊的栏杆，直直地坠下地面，连带着塞进二楼的蛇头也拔了出来。

商决明按着娜塔莎的肩头，将她脱臼的肩关节接了回去。娜塔莎头也不回地钻进二楼，鲜血几乎涂满了整层楼，金丝楠木上的壁画仿佛要活过来似的，散发着森冷的诡异。

她的手下到死都还扣着扳机。

照顾封教授的护士也没来得及跳下楼，腹部被巨蟒的牙捅了个对穿，意识涣散地躺在地上。

商决明走出吊脚楼，只见蟒蛇的头像个在沙地里滚了一遭的烂西瓜，破碎不堪，腹部却鼓鼓囊囊的。

蟒蛇一般是没有毒的，它们习惯于绞死猎物再直接吞食。也就是说，守夜的人是有出声示警的机会的——除非他睡着了，所以没有看见巨蟒就直接被绞死。

等娜塔莎再走出来，又是一张冷冰冰的脸。

她拔出战术匕首，重重地扎向巨蟒柔软的腹部。血、胃酸混合在一起，淌了她满手。娜塔莎将蛇腹里的人剖出平放在一边，然后继续翻着蟒蛇的胃袋，从里面掏出来八个合金铭牌。铭牌正面是一个飞鹰的标志，背面是一串编码。

跨过这条河流的人，都在这里了。

商决明没有说话，只是俯身拉起娜塔莎的手，用水冲去沾染的胃酸。

商决明可以想象当时的场景，筋疲力尽的一行人找到吊脚楼，又突然遭遇蛇潮袭击，只好躲进吊脚楼。他们误以为这里是避祸之所，却没想到自己是爬上了巨蟒的餐桌。

"这是第二队人，我记得他们的编码。"娜塔莎冷静地在蟒蛇的胃里翻找线索，最终却一无所获。

加上楼上刚刚死去的人，娜塔莎手上一共有十一个铭牌。她把铭牌交给沉默的同伴，同伴清洗掉上面的胃酸后，用一个密封袋装起来。

铭牌是他们殉职的证明，公司会给他们的家人打抚恤金。

"把他们的尸体烧掉。"娜塔莎说，"我们没办法带着尸体前进，但也不能让蛇糟蹋了。"

"有情有义。"商决明对她竖大拇指，转而意味深长地问，"那我们接下来还继续走吗？"

"如果你们要反悔，这是最后的机会。"陆潮声毫无预兆地开口说，"这个地方我没有来过，再往里走，就算是我也不一定能走出来。"

娜塔莎看了一眼被队员扶起来的封教授，面无表情地说："走。"

07

商决明抬起头，从枝叶的缝隙间看见了昏暗的天，像是要下雨了。

"潮声，你们当地有什么传说或者民俗故事吗？"商决明问。

封教授说话有理有据，但商决明还是觉得不对劲，他显然隐瞒了什么东西。

比如那件南巫服究竟属于谁，是谁去过那个玉石矿，又为什么要将地图记录下来；比如他是怎么将玉石矿的范围锁定在这条山脉里的，又为什么将南巫服和玉矿联系起来；以及吊脚楼里的壁画究竟意味着什么，为什么他一看见壁画就确认了南巫服的真假。

"有的。"陆潮声毫不设防地说，"你想听什么样的传说？"

"蛇。"

陆潮声丝毫不惊讶，自然而然地说："我们当地有句很出名的民谣：'飞剑斩龙头，东水向西流；文官不到老，武官不到头。'"

古人画龙，都是马首蛇尾，是以多以蛇和龙为近亲。如果这句民谣不是传说，而是真实的历史，那么几千年前也许真的有人在此斩杀过一条大蛇，招致蛇群的报复。

商决明心乱如麻。

蛇玉矿这个名字一听就不吉利，说不准就是个蛇窝。地图只有一个用处，那就是指路，指路的人是谁，又是在给谁指路？

"这句民谣是什么来历？"商决明追问。

"传说多年以前，我族先祖在此斩蛇，开辟土地供族人居住。大蛇愤怒怨怼，埋于地底的尸骨破坏山脉走向，使得原本东流的河水改道向西，河水淹没住宅与田地。所以此地代代穷困，没有人能出人头地。"

"飞剑斩龙头，东水向西流；文官不到老，武官不到头。"

这哪里是民谣，分明是诅咒。

商决明想起那条罕见的巨蟒，怔怔地问："真的有那么大的蛇吗，大到尸骨能改变山脉的结构、河流的走向？"

"谁知道呢？"陆潮声轻飘飘地说，"都是传说罢了。"

话音未落，点点滴滴的雨水砸落在林间。

队伍混乱了片刻，便在娜塔莎的呵斥下继续往前走。最先承受不住的是封教授，恶性脑瘤让他时不时地产生幻觉，他在队员的背上又笑又骂，手舞足蹈地挣扎起来，差点把孔武有力的队员带倒。

"你真是越混越差，怎么找这么个神经病当老板？"商决明骂骂咧咧地抽出一支镇静剂，在昏暗的光线下找封教授的血管，"我这不是比喻，是陈述。"

"他给的钱多。"娜塔莎无所谓商决明的揶揄。

商决明从鼻孔里喷出两道冷气，心烦意乱地把镇静剂推进封教授的静脉里。封教授昏昏沉沉地睡过去，像具老实的尸体。雨点噼里啪啦地打在帽檐上，寒气无孔不入地往人身体里钻。

商决明深一脚浅一脚地踩在泥水里，觉得自己的意志力在一点点被消磨。他忍不住去想那件神秘的南巫服，那个怨毒的传说，以及疯魔的封教授。

但他的思绪有些混沌，怎么也想不清楚。

"不能再走了。"陆潮声忽然停下脚步，说，"天黑了。"

娜塔莎抬头看看天空，从下雨开始天色就这么暗，她也不知道陆潮声是怎么分辨出白昼和黑夜的，只能将其归结为原住民的直觉。她抬起手看一眼沾满雨水的机械表，已经是晚上八点了。

"找一个地势高的地方休息，最好能避雨。"娜塔莎说。

两个队员留在原地照顾封教授，用雨披把他遮住。娜塔莎、商决明和陆潮声出去找能避雨的地方。

山里的环境实在是太过险恶，昨晚那条巨大的蟒蛇还令人心有余悸。娜塔莎刻意避开了草木茂盛的地方，以免再次遭到蛇群袭击。最后他们在山壁下找到一块突出的岩石，勉强可以遮雨。

娜塔莎让陆潮声留在这里生火，勒令商决明跟自己折回去接封教授等人。

"干什么故意支开他？"商决明领会了她的用意。

"我觉得有点不对劲。"娜塔莎微微皱着眉，说，"说不上来，只是一种直觉。他怎么老黏着你？"

"我面善。"商决明吊儿郎当地说。

娜塔莎冷笑一声，抬起机械表给他看。她的机械表是定制的，防水防摔耐高温，还兼具指南针的功能。现在那根指南针抽风似的来回打转。

"失灵了？"商决明微微一愣，"如果真如你老板所说，蛇玉矿具备某种特殊的磁场，那么我们也许正在靠近它。陆潮声带的路没有错，他解析的地图也没有错。"

"我只是在想，他是依靠什么辨别方向的。如果说这是当地人对环境的熟悉，你不觉得他也太过熟悉了吗？"娜塔莎道，"据他所说，他没有来过这么深的地方。"

"他是唯一的向导，你不信任他，就不该把他带进来。"

"我又没得选。"娜塔莎耸耸肩，说，"所以你要看着他，他要是有什么问题，你也活不了。"

商决明没说话，却问起另一件事："你听过那句民谣吗？"

"飞剑斩龙头？"娜塔莎无所谓道，"是陆潮声告诉你的吧。我知道这段话，我就是靠这个找到这里的。"

"蛇是类龙，这句民谣里的龙有可能代指的是蛇，可是这跟玉有什么关系？难道那条大蛇是玉矿的守护者吗？"商决明有点担心，"加上陆潮声和封教授，我们现在只有八个人，给大蛇当点心都不够。"

"我没那么疯，找到位置再出去找人手就行，不会真叫你拼命的。"

大雨下起来没完没了。

镇静剂的效力退去，封教授愈发狂躁，一个劲地指责娜塔莎。商决明坐在火堆边啃压缩饼干，一只手在背包里检查着物资。陆潮声坐在他身边小口小口地喝着水，睫毛耷拉下来，很长。

"什么时候停雨？"封教授摇摇晃晃地冲到陆潮声面前，凶神恶煞地问。

陆潮声被吓得愣住，猛呛了几口水，摇头说："我不知道。"

"差不多得了，他是向导，又不是气象台。"商决明没好气地说，"就算是气象台，也管不了老天下不下雨吧？"

"现在就走。"封教授喘着粗气，不容拒绝地说。

"现在是晚上，还在下雨，很危险。"陆潮声固执地说。

"我让你现在就带路！"

封教授突然拔出娜塔莎腰间的武器，指着陆潮声的眉心。

陆潮声眼睛一眨不眨地看着他，像是不知道怕。

"现在走不了。"陆潮声依旧说，"按照地图上画的，我们还得走两天才能到达，一直这样消耗体力，我们累垮了，你一个人也到不了。"

娜塔莎出手迅速，一掌劈在封教授后颈，把他打晕。

商决明吐出一口气，道："你可算忍不了了。"

娜塔莎把封教授交给队员，摆弄着那支格洛克。商决明不安地端详着她，只见她将之抬起也对准了陆潮声。

"你也发神经了？"商决明伸手去抓枪管。

"每次有蛇袭击你都在。"娜塔莎说，"你和商单独去找失踪的队员，那么巧就碰上了沼泽的蛇群；你和其他人待在楼下，蛇潮就突然袭击；巨蟒凌晨到来，你也是第一个醒的，你究竟是及时醒来，还是你知道那里有蟒蛇，所以一直没有睡？"

"给我一个合理的解释。"娜塔莎冷硬地说，"不然你就不用离开这里了。"

商决明的动作顿住，他转而去看陆潮声。

"我没有那种本事，"陆潮声淡淡地说，"你误会了。"

"是吗？"娜塔莎缓缓拉开保险栓，两个队员缓缓靠近陆潮声。

斜刺里突然弹出来一道青色的影子，稳准狠地咬上娜塔莎的手腕。陆潮声突然一脚踢飞篝火堆，顺手抓起一把尘土砸向商决明的眼睛，扭头扎进伸手不见五指的黑暗中。

商决明眼泪直流，连忙擦干净眼睛，捡起一根尚燃着的柴火照亮鸡飞狗跳的营地。方才从背后包抄陆潮声的两个队员捂着脖子，抓着小蛇的尾巴，粗暴地将其扯下。

娜塔莎一只手抓着枪，另一只手抄起匕首，猛地把咬着她的青色小蛇斩成两段，毒牙却还嵌在她的手腕上。

"别动。"商决明看着她脖子上暴跳的青筋，小心地用匕首把毒牙挑出来，割开血管将毒血挤出来。他看了一眼小蛇的三角头，居然辨别不出那是什么蛇。

商决明只好抱着试试看的心态，选了一支血清给娜塔莎推进去。

"他们……"娜塔莎看着倒在地上的两个队员。

"没救了。"商决明摇摇头，"那是动脉。"

中毒的队员口吐白沫，肢体微微地抽搐，目光里带着哀求。强烈的毒素游走至他们的全身，速度快得惊人。娜塔莎咬着牙，扯下两人的铭牌收进了塑封袋，然后低头亲吻着其中一人的头发，轻声呢喃："愿神保佑你。"

一声轰鸣过后，漫天鸟雀倾尽惊逃……

现在，队伍中只剩下五个人。

08

陆潮声逃了，队伍里能带路的只剩下商决明和娜塔莎。

大雨一直在下，没有太阳，指南针也失灵了，没办法辨别方向。

商决明却忽然想起那句民谣"飞剑斩龙头，东水向西流"。他找到一处河水，借此确认了方向，拿着地图继续往下走。

"我早就跟你说那小羊羔子不可信。"娜塔莎咬着绷带给自己包扎，冷淡地说，"你退步了，连人不可貌相这种道理都不记得。"

"所以，阿桑真的生病了么？"商决明没头没脑地问。

娜塔莎一头雾水："阿桑是谁？"

商决明深吸一口气，潮湿阴冷的空气扎着他的肺。

陆潮声看出来商决明和这群人的格格不入，以及他与娜塔莎的面和心不和，所以撒了个无伤大雅的小谎——陆潮声笃定商决明不会去和娜塔莎核对，因为娜塔莎确实干得出来这种事。

商决明的小诊所开得太久了，心变软了。

前面的路越来越难走，不仅灌木茂密，树枝低垂，还开始有大片大片的藤蔓遮挡。一眼望过去，几乎全是死沉沉的绿色，像是一堵又一堵的墙壁。

雨点打在雨披上，闷闷地响。

一条翠绿色的藤蔓忽然掉在商决明的手腕上，他愣了一下，随即像踩了电门似的猛地将藤蔓抖落——那藤蔓却睁开赤红的双眼，对着他的脚踝咬下去！

"快跑！"

毒牙刺进战术靴的熟牛皮里卡住了，商决明一脚踩在它的尾巴上，甩出匕首把它斩成两截。娜塔莎一把抄起雨披严严实实地把封教授盖住，落在塑料雨披上的蛇狂乱地扭动起来。

整片树林的"藤蔓"都醒了过来，从头顶的枝叶间坠落，像是另一场暴雨。毒牙咬在雨披上、靴子上，不甘的毒蛇发出咝咝的叫声，被鞋底踩断的蛇还在挣扎着觅食。

一行人闷着头往前冲，只想逃离这个恐怖的地方。

商决明一边拔腿狂奔，一边从背包里摸出另一瓶酒精，潦草地将一团纱布塞进去。娜塔莎领会到他的用意，一个箭步冲到他前面，抓住他的手。

商决明摁亮防风打火机，火苗顺着纱布点燃了玻璃瓶里一百毫升的酒精。商决明抓住娜塔莎的手，一个回身，将潦草制成的燃烧瓶砸碎在穷追不舍的蛇群中央，顺着她的力道折回。

可是毕竟是在下雨，酒精和火只是短暂地阻拦了蛇群片刻。

前面背着封教授逃跑的人忽然发出一声惊呼，紧随其后的队员伸手抓他，被带得摔倒往下滑。娜塔莎双瞳放大，下意识地去拽两人。两个队员加上封教授的重量远超预料，娜塔莎被迫向下坠落。

商决明反手将匕首深深地扎进地面，一把抓住娜塔莎的手。

"快上来，"商决明盯着前方迫近的蛇群，额头上青筋暴跳，身体每一处都在用力，"撑不住了。"

"别下来。"娜塔莎忽然说。

"什么？"

"别下来，下面是吊脚楼！"娜塔莎怒吼道。

前有狼后有虎，下不下去由不得商决明。眼看碧色赤瞳的毒蛇流着口水冲自己冲过来，商决明孤注一掷地松开手，五个人葫芦娃救爷爷似的一个接一个砸在吊脚楼的顶上，手忙脚乱地扒住屋顶，才没滚下去。

商决明甩甩发麻的胳膊，看着脚下金灿灿的吊脚楼。这是一处地下洞穴，地势倾斜，从头顶灌进来的雨水顺着斜坡流入黑暗中的某处。

这座吊脚楼的规模远胜河畔那座，更大，更精密，更结实。

商决明用刀刨开脚下的一块木材，同样是水滴纹——大概率和河边那座吊脚楼是同一时期用同一批金丝楠木修建的。

那么，这里大概率是另一条蟒蛇的居所。

商决明仰头观察头顶的洞口，苦中作乐地安慰娜塔莎："没事，看这洞口的大小，就算有蟒蛇也不会特别大。"

娜塔莎却死死地盯着他身后，手指扣上枪支，面无表情地说："商，别回头。"

商决明只觉得背后掀起一阵腥臭的风，带着肉类腐烂的酸臭味。他猛地向前一扑，娜塔莎抓着他的肩膀往后退，一梭子弹打在扑下来的巨大蛇头上。

巨蟒痛苦地嚎叫着，蛇尾抽打在洞穴墙壁上，整座吊脚楼都摇晃起来。

商决明看清蟒蛇样貌的一瞬间就明白了，娜塔莎为什么叫他别回头。

这座吊脚楼至少有七八米高，这条蟒蛇直立起来还要高吊脚楼半截——它至少有十三米那么长，甚至可能有十六米。蟒蛇刚刚对着商决明张开嘴的时候，能直接把他吞下去。

而世界上最大的蟒蛇是在瓜希拉半岛发现的赛雷洪泰坦蟒蛇化石，长十五米，重达一吨。

可那是在南美洲的热带雨林！

商决明用一秒的时间恢复平静，下一瞬，暴怒的蟒蛇重重地砸在楼顶上。一行人七零八落地从楼顶上滚落，商决明抓住屋檐，看着封教授和两个队员落入无边的黑暗，像是掉进水潭里的两粒小石子。

"娜塔莎！"商决明喊了一声。

"我在。"娜塔莎的声音从对面传来，冷静且克制。

"蛇的中枢神经在脊椎。"商决明不停地吞咽口水，强迫自己镇定下来，"找机会让我靠近它的后背。"

娜塔莎没有和他争，只是问："你有刀吗？"

商决明用另一只手摸遍全身，无力地骂了句脏话，道："只有个注射器。"

黑暗中，商决明听见利刃出鞘扎进金丝楠木的声音。

"大马士革刀，留在这里给你，我去吸引它的注意。"

"咚"的一声响，似乎是娜塔莎跳进了吊脚楼里。她拔出腰间的信号弹，对着山壁上打出一枪，几乎照亮了半个洞穴。在吊脚楼外盘桓的蟒蛇立刻弹起，将头探进吊脚楼中。

商决明抓住机会翻上楼顶，冲到对面拔出大马士革刀。蟒蛇留了半截身子在吊脚楼外，商决明还没来得及跳下去，脚底的吊脚楼便猛地往下一塌——是蟒蛇撞断了吊脚楼的中柱。

商决明顺着倒塌的屋顶滑下去，娜塔莎从另一头的三楼中跳出来，蟒蛇苍青色的头紧追着她不放。商决明跳下来，用尽全力一刀扎向蟒蛇的腹部，刀锋却没有没入蟒蛇的皮肉，而是在坚硬的、角质化的鳞片上打滑，一偏扎进了地面。

吃痛的蟒蛇立刻扭头对着商决明冲过来，它直立起来的一瞬间，露出柔软的腹部。娜塔莎毫不犹豫地扣动扳机，爆裂的金属碎片在蛇身上撕扯出深而错杂的伤口。

蟒蛇勃然大怒，发出低低的嘶吼声，张开血盆大口对着娜塔莎扑过去。

商决明迅速冲上前，猛地跳上蛇背，几乎是骑在蛇头上，重重地将刀刺进蛇头部最薄弱的皮肤。同一时间，蟒蛇几乎将娜塔莎半个肩膀咬在嘴里。

大马士革刀从蛇头的皮肤没入，商决明全身的肌肉都紧绷得像是石头，他怒吼着将刀往下推。蟒蛇竭力挣扎起来，蛇尾狂暴地抽打地面和吊脚楼，横冲直撞。

刀锋在蟒蛇的脊椎里推进了一米，蟒蛇的下半身还在反抗，上半身却已经软下去。商决明脱力地从蟒蛇身上翻下来，掰开蛇嘴将娜塔莎的肩膀掏出来。

"娜塔莎，你伤在哪里？"商决明摸到她一身的血，有点慌乱。

"肺。"娜塔莎低头看着胸口汩汩往外流血的血洞，每说出一个字都在往外吐血。

她被蛇牙穿透了整个肺脏。

"坚持住，我们现在就下山。"商决明胡乱地脱下衣服替她包扎伤口。

"来不及了，你是医生，你知道的。"娜塔莎呛出夹杂着泡沫的血，抓着他的手说，"这么深的伤口，就算立刻送到医院也未必救得回来。地面上还有蛇呢。"

"对不起，"娜塔莎轻声说，"打扰了你平静的生活。"

商决明艰难地笑笑，说："这算是人之将死，其言也善么？"

娜塔莎也笑，气胸令她呼吸困难："我要托孤，不得说两句人话吗？"

"你说，我在听。"

"我的养母，尤娜·梅德韦杰夫，她是个植物人，在白石之城疗养院的重症监护室。如果封教授没能活着回去，我的尾款没能打到疗养院账户上，他们有权拔管。你替我把她火化，别让她一个人躺在太平间。"

"好。"商决明轻轻地点头，伸手按在她的颈动脉窦上，手指微微颤抖，"闭上眼睛，就像是睡着了一样。"

娜塔莎顺从地闭上眼，低声道："商，对不起。这次是真心的。"

寂静的洞穴里忽然响起了笑声。

商决明警觉地转过头去，眼前却是一片漆黑。那个笑声很熟悉，是封教授，他居然还没有死。封教授擦亮一根燃烧棒，仔细地观察变成半片废墟的吊脚楼，终于在一根柱子上找到了他想要的东西。

"商医生，你来，你来！"

商决明没有搭理封教授，他太累了，靠在蟒蛇的尸体上调整呼吸。封教授高兴得手舞足蹈，索性不跟商决明计较，纡尊降贵地捧着从柱子上抠下来的玉石给商决明看。

"这是什么？"商决明没有接。

"蛇玉。"封教授神神道道地说，"我们找到了，我们居然误打误撞地闯进来了！这里就是蛇玉矿的入口，天助我也，实在是天助我也！"

娜塔莎的尸体还没有凉，商决明听见这句话，只想把他也塞进蟒蛇的胃里。

"只要你找到蛇玉矿，你就会给娜塔莎的养母打尾款，管她一辈子医药费，是么？"商决明耐着性子问。

"对！"封教授一口承认，说，"那两个人刚刚摔下来都死了，现在这里只有你和我。你带我找到蛇玉矿，他们的钱我全都打给你，甚至可以给你更多。"

"我不要钱，我要我父母的骨灰。"商决明背对着他蹲下来，说，"你上来，我背着你，你辨别方向。"

封教授这才从兴奋中回过神来，用燃烧棒去照商决明的脸。

灼热的温度让商决明很不舒服，他微微偏开头，说："再照我，杀了你。"

"你瞎了？"封教授震惊道。

在商决明一击失手时，蟒蛇回身准备攻击他，从舌下的毒囊中喷出一股毒液，正中商决明的眼睛。蟒蛇依靠力量捕食，所以一般没有毒囊，商决明只好在心里嘲弄自己运气不好。

"我瞎了，但我的身体素质比你强。你要是一个人走，恐怕会病发晕倒，死在半路上。"商决明不客气地说，"走不走？"

封教授利索地爬上商决明的后背。

头顶的洞口并不是唯一的入口，真正的入口在下方，雨水流走的地方。

这条蟒蛇就是从那里进出的。

商决明用干净的衣服撕成布带缠在眼睛上。他不确定这是短暂性的失明还是永久性的，但眼睛已经被毒液伤害过，他可不想因为伤口暴露引发颅内感染。

商决明背着封教授小心翼翼地从湿滑的斜坡往下走。

"好大。"封教授感叹。

他们正走在一条宽阔的甬道上，整条甬道都是从白色的大理石里凿出来的。大理石上蚀刻着花纹，甚至还有文字。封教授焦急地拍着商决明的肩膀，让他把自己放下来。

商决明扔下他，伸手轻轻地抚摸着墙壁上的文字——是汉隶。

也就是说，这里至少有两千年的历史。

"这上面写了什么？"商决明问。

"汉时，有一位将军来到此地，斩杀作乱的白蛇，将白蛇的尸骨镇压在山下。白蛇不甘，于是唆使族人作乱，将军被皇帝斥责，必须解决此事。"

封教授声音里带着颤，显然非常激动。商决明还在等他继续往下说，就听见封教授忽然把头往墙壁上撞，咚咚咚的。

"头好痛，啊！"封教授惨叫着，一下一下地撞着坚硬的大理石。

商决明连忙把他按住，问："你的药呢？"

"不知道，我的头好痛！"封教授抱着头在地上打滚，疯狂地撕扯自己的头发。

商决明只好一掌把他劈晕。

封教授晕过去了，他一个人没办法继续往前走，只好守着他醒过来。商决明漫无目的地想，壁画上的记载倒是和陆潮声所说的一样。

既然有皇帝下令，想必将军没有束手就擒，可是他是怎么解决这件事的？这些奇异的吊脚楼是将军下令修建的么？蛇是将军的敌人，他为什么要给制造灾难的孽物修建堪比神龛的吊脚楼？

难道将军最后向蛇低头了么？

如果斩蛇会遭到报应，那我会死在这里吗？商决明混沌地想。

他越想越乱，眼睛也开始作痛。

封教授醒了过来，要求继续往下走。

"你先把壁画读完，皇帝要求将军解决此事，然后呢？"

封教授不耐烦道："还能有什么然后，自古以来得罪神明不都是那几种办法，作法、献祭。"

"献祭。"商决明重复了一遍这两个字，"那个将军姓甚名谁？"

封教授愣了一下，说："姓陆。"

一切都联系上了，商决明忍不住自嘲地笑出声。

"献祭。"商决明捂着脸，笑容苍凉，"我们就是那个祭品。"

封教授的脸色变了。

陆不是南巫人大姓，陆家却是此地南巫寨代代相传的祭司。因为他们根本就不是南巫人，而是两千年前那位陆将军的后人，负责镇守山中的大蛇。

封教授自以为找到了蛇玉矿的秘密，其实是走入了陆潮声的圈套，他们全部是陆潮声献给大蛇的祭品。

他们掉进蛇穴不是巧合，而是陆潮声令蛇群将他们赶到这里。

"你胡说！蛇玉矿就在前面，你就是怕死才找这种借口！"封教授尖厉地叫出声，奋不顾身地往甬道深处跑去。

商决明待在原地没有动，不久之后听见远处传来微弱的水声。商决明皱眉，喊了一声："封教授？"

没有人应答。

商决明顺着脚步声离开的方向跑过去，地面逐渐倾斜，他猛地刹住，伸出脚试探了一下。前方的甬道凹陷下去，里面全是水，商决明看不见，不知道有多深。

"封教授！"商决明的喊声在甬道里徒劳地回荡。

商决明骂了一声，摸索着跳下水。

水底出人意料的平静，商决明凭借着直觉往前游，时不时浮上水面换一口气。头顶的石壁压得很低，只能勉强浮出一个头。商决明换第十次气后，终于游上了岸。

岸边有人走过来，伸出手拉他。

商决明以为是封教授，自然而然地将手伸出去。

那只手覆着薄薄的一层茧子，柔软、干燥、温暖，不似封教授干枯发皱的手。商决明瞬间反应过来，抓住口袋里的注射器猛地往那人动脉上刺过去。

陆潮声强硬地攥住他的手腕，重重地反拧过去，商决明的手腕刹那脱臼，注射器落地。

"你要杀我？"陆潮声的声音听上去并不愤怒，也不得意，居然有点困惑。

"你不是也要杀我吗？"商决明喘息着，讽刺地笑起来。

陆潮声没接话，反而问："你的眼睛怎么了？"

"瞎了。"商决明左手指着动脉，说，"动手吧，让你的蛇给我这里来一口。"

陆潮声淡淡地看着商决明，抓着他脱臼的手往前走。商决明自从看不见之后，其余感官便敏锐起来，他感到周围一阵温暖，似乎是有人点起了灯。

"这是什么地方？"商决明警觉地问。

"蛇棺。"陆潮声平静地解释，"你们那个老板心心念念要找的蛇玉矿，就在这座山里。整座山都是蛇玉，是那条大蛇的棺椁。"

"他在哪里？"商决明问。

"里面。"

商决明果然听见了封教授的声音。封教授手无缚鸡之力，用匕首在墙壁上费力地戳刺，试图挖下来一星半点。商决明从他恼怒的语气中判断，他没能撼动那块蛇玉分毫。

陆潮声停了下来。

头顶的山体全部被凿空，通体青绿的玉石矿洞更像是大蛇的腹中。墙壁上挖着密密麻麻上万个洞口，洞口里点着一盏灯，照亮了这个巨大的洞穴。

灯盏上挂着细小的铃铛，在无风的地底纹丝不动。

商决明忽然四肢发软，重重地坐倒在地上。

陆潮声半蹲下来，解下他眼睛上的布条："你怎么样了？"

"估计是要死了。"商决明嘶哑着声音说，"你这个小骗子。"

陆潮声无声地笑笑。

"我是陆氏这一代的传人。"

陆潮声慢悠悠地说："我的职责就是让这个秘密永远埋葬在地底，不能埋葬秘密，就埋葬知道秘密的人。你的老板比之前的所有人都顽固，这样的人除了达到目的，就只有死亡能让他停下来。"

"反正他也快死了，你的目的达到了。"商决明有气无力地说。

陆潮声伸手摸摸他发烫的额头，蛇毒令他发起了高烧。

"商医生，你的话有点儿多。都到这个时候了，你还有雅兴关心别人吗？"

"因为我有很多问题啊，"商决明笑笑说，"沼泽那次，是想杀了我吗？"

"不是。"陆潮声坦诚道，"娜塔莎逼着我进山，我只是想自然而然地消失在你们眼前，我是故意摔倒的。但我没想到你会救我，吊脚楼那次也是一样。"

"是我坏了你的事。"商决明接着问,"陆将军解决蛇灾的办法是什么?"

陆潮声沉默片刻,说:"献祭,一百年一次的献祭。"

和商决明的思路不谋而合,他伸手靠近陆潮声的脖颈,一字一句地问:"你杀他们,究竟是因为他们贪恋大蛇的棺椁,知晓蛇玉矿的秘密,还是因为你需要祭品?"

陆潮声却嗤笑道:"你觉得他们是祭品?"

商决明犹疑了。

"他们不配。"

陆潮声忽然起身,抓着商决明的手腕把他拽到某处。商决明手脚无力地瘫软在地上,勉强支起上半身。商决明闻到了一股清苦的味道,像是第一次见到陆潮声时,嗅到的他身上的气味。

商决明艰难地喘息着,蛇毒令他的神经开始麻痹。

冰凉、柔软的液体落在他的眼睛上。

墨绿色的汁液流淌在商决明被蛇毒腐蚀而发黑的眼睛上,商决明感到那股灼烧的疼痛一点点消散。陆潮声站在他面前,手上抓着青色的蛇胆。

力量丝丝缕缕地回到商决明的身体里,他的眼前甚至隐隐地浮起光亮。商决明下意识地要去揉眼睛,却被陆潮声一把扣住手腕。商决明从未意识到,陆潮声有这样大的力气。

"别动。"

商决明有种奇异的感觉,陆潮声仿佛是在关心自己。可是有这个必要么,大蛇的祭品难道还不能有残疾?

"你不是说知道这个秘密的人都得死吗,你不杀我?"商决明惊异地问。

"不。"陆潮声言简意赅道。

"为什么?"商决明不解地问。

陆潮声很轻地笑了一声,他俯身靠近商决明,略长的发丝垂落,搭在商决明的睫毛上,有点痒。

"也许是因为,你的眼睛真的很漂亮。"

荒谬的理由让商决明愣在原地。

"闭上眼,转身。"陆潮声命令道。

商决明乖乖听话,他莫名其妙地相信了陆潮声,相信陆潮声不会害他。

"铃铛声响起的时候,你就往前跑。不要回头,不要睁开眼,否则你会后悔一辈子。"

商决明还没来得及问什么铃铛声,地底怎么会有铃铛,陆潮声已经走开了。

陆潮声身上穿着的早已不是陈旧的汗衫牛仔裤,也不是娜塔莎一行人配备的厚重的黑色作战服。他穿着一袭深蓝色的南巫服,一步步走上洞穴中央的高台,将地上摆放的银饰一件件往身上套。

高台正对着的,是一块巨大的、光滑的青色玉石,通透晶莹。

而商决明面前是一座玉石门,门上盘着两条虎视眈眈的蛇。

陆潮声高举起双手,开始跳舞。

那舞蹈并不娇媚,也不曲意逢迎,那是古时巫师娱神的舞蹈,古奥、神秘,即便由一个男子来跳也不突兀。随着陆潮声的舞步,山壁上的铃铛开始响起,却不是因为风,而是因为震动。

整座蛇玉矿都在摇晃,成千上万盏灯,成千上万只青铜铃铛吟唱起来,像是一场盛大戏剧的开幕。

铃声响起的一瞬间,门上的蛇惊恐地逃窜开,玉石门应声而开。商决明一无所知,牢记着陆潮声的话,闷头往前冲,绝不回头。

中国民间有传说,半夜身后有人叫自己的名字,绝对不能回头,否则会被拍灭肩上的阳火,丧失性命。

希腊神话中,冥后珀耳塞福涅怜悯俄耳甫斯,准许他从冥界带回自己的妻子,但一路上不许他回头看妻子一眼,否则便会永远地失去她。

古今中外,不听劝的人都没有好下场,商决明在心里警告自己,绝不回头。

他的眼睛一点点恢复,他也离那个铃声嘈杂的玉石矿越来越远。

商决明心里仿佛有一根弦绷断了。

商决明猛地回头看去,青玉高台上,陆潮声翩翩起舞。

而在陆潮声面前的巨大玉石后,庞大如楼宇的身躯拔地而起。陆潮声一舞结束,身上的银色铃铛仍跳荡不休。黑影垂下头,似乎要亲吻自己的信徒——或者说,自己的祭品。

陆潮声,陆将军的后人。

他才是那个唯一的祭品。

商决明被河水冲到山脚,断了十几根骨头,发现他的寨民手忙脚乱地把他送到镇上的医院。商决明醒过来的时候,距离他逃离蛇玉矿,已经过去了十三天。

封教授没能活着回来，不知道是心甘情愿留在蛇玉矿里还是死了。这失踪的消息一传出，和封教授有关的人都在想方设法地瓜分他的遗产，除了被商决明保下的属于娜塔莎他们的那份。

商决明一能下地，便马不停蹄地赶回家，把父母的骨灰从墓园里取出来。他把自己关在小诊所里三天，对着两个骨灰坛抽烟，像是要用这种慢性自杀的方式折磨自己。第四天，商决明带着警察回到了南巫寨。

他还有很多疑问。

"陆潮声？"南巫寨里的老太太困惑地看着商决明，忽然一拍脑袋，说，"你说的是陆祭司家的阿桑吧？"

"他叫阿桑？"商决明有一瞬间的呆滞。

"小名叫这个，他爹叫陆贵不是么？"老太太悠闲地说，"阿桑生下来不足月，身体不好，小时候都当女孩养，跟他奶奶学跳大神。前段时间跟那些外地人不知道跑哪里去了，一直也不见回来。"

商决明喉头紧绷，艰难地问："那他的大名怎么会叫'潮声'？"

老太太指着那座废弃的小学，说："我们这里穷得很，没几个有文化的人。阿桑出生那年，有两个老师来这里支教，'潮声'这个名字就是人家老师给取的。"

商决明在老太太的指点下找到了陆潮声的家，一座不太宽敞的吊脚楼。南巫人的吊脚楼，楼下是豢养牲畜的地方，陆潮声的家却空空荡荡的，只有门前两棵桑树长得郁郁葱葱。

商决明没有钥匙，但这对他不是问题。他拧了根铁丝，对着锁眼捅了两下，锁就开了。

蛇毒早就在他逃出蛇玉矿时全部代谢干净了，全盛时期的商决明能徒手破开这扇木门。可他反复深呼吸许久，才蓄满推开门的勇气，仿佛这扇门重如千钧。

门开了，涌起的风掀起地板上薄薄的灰尘。

房间很小，但收拾得很干净。几张照片用图钉钉在墙板上，是那些进入南巫寨的队伍合照。桌上散落着那件南巫服的照片，旁边放着陆潮声解析出来的地图。

商决明在桌下发现一处暗格，暗格里锁着一个盒子。商决明没有犹豫，直接把生锈的锁拧断。盒子里是一份拓印下来的隶书，商决明立刻反应过来，这是甬道壁画上的文字。

"汉，将军斩蛇于山下。蛇逾千年，将登龙门，功亏一篑，怒之。地动山摇，河流改道，婴儿早夭。将军以骨血祭之，方平蛇怒。代代如此。"

商决明抹了把脸，盘算着把这些东西都烧了，以免再生事端。他有些心神不宁，起身时不慎打翻了盒子。盒子摔裂了一条缝，商决明惊讶地发现，里面还有一个暗格。

他抽出那层暗格，里面是一张黑白照片。

一对夫妻和一群穿着南巫服的小孩子在学校门前的合影，照片是黑白的，已经有些泛黄。

商决明的手不受控制地颤抖起来。

照片上的女人有一双和他神似的眼睛。

商决明冲出吊脚楼，一路跑到那个废弃的小学里。寨里的孩子如今都在镇上上学，这里早已遍地杂草，旗杆要倒不倒地杵在操场上。小学里只有一排平房，三间教室，玻璃破碎，大门歪斜。

商决明一张桌子一张桌子地找过去，终于在一张满是涂鸦的桌上发现了熟悉的小刀刻痕。

"商决明到此一游。"

十九年前,被当作女孩养育的阿桑出生,父母找到支教的商家父母,想要给孩子取一个好名字。商决明才去过海边,很是向往自由辽阔的大海,便插嘴道:"山里的孩子,应该看看大海。"

于是那个孩子便被取名"潮声"。

"也许是因为,你的眼睛真的很漂亮。"

他说这句话的时候,是笑了吗?商决明的思绪有点恍惚。

完

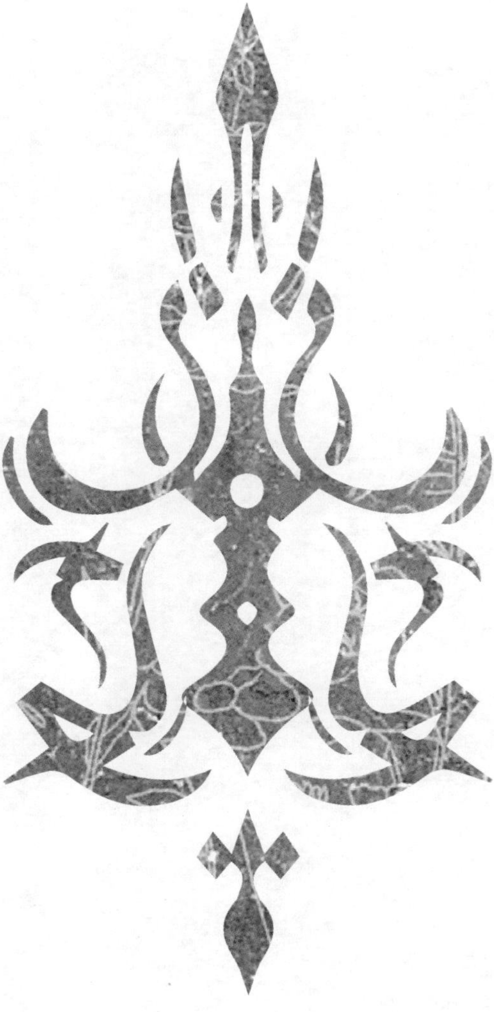

这是个钦察族打扮的少年，脸部轮廓分明，是极其优越的骨相，
　　而那一双漆黑暗沉的眼眸，如同草原上捕食猎物的雄鹰，正牢牢擒着魏染的目光。

「箭矢燎原」

Jianshiliaoyuan

文 / 甘小醇

热爱解谜冒险和相互救赎的故事，喜欢热血少年和肆意盎然的青春，愿我笔下的他们可以为你带去温暖。

傲娇霸道冒险摄影师 **魏染** × 狂野洒脱草原王子 **迟悬阙**

箭矢燎原

文 / 甘小醇

01

手机接二连三地响，魏染不堪其扰，只好点开后面缀着红点的白色语音条。

"魏大摄影，这回你去额尔雅草原，和迟悬阙见一面吧？上回听人说，他家在那儿开草原客栈，生意做得挺大呢。"语音里传出大学室友郑希的声音，还带着有些夸张的语气，"哎呀，大学时看他那么低调，以为他是贫困生，原来真人不露相。"

"那天我刷微博，还看到有游客发偷拍他射箭的照片，别提多帅了，比大三那年咱们去射箭馆玩的那次都帅！你还记得吧？和隔壁学院打赌比赛的那次，迟悬阙一连射穿三个移动靶靶心，把他们都看傻了！"

记得吗？肯定是记得的，而且印象深刻。

但魏染绝对不会承认。

他指尖摩挲长按下音量键，耳机中摇滚乐的轰鸣声变大，重低音错落地撞在魏染心上，将心跳扰得很乱，嘴上却僵直不愿服软。

魏染回复:"不记得。"

"不应该啊……你犯阑尾炎那次,是迟悬阙背你去的医院,这总不会忘吧。"郑希压根不信,"这是恩情啊,染染,虽然你们有过节,但毕竟都过去三年了——你俩大一大二好得能穿一条裤子,如今连这点事儿都跨不过去?是不是有点过了?"

郑希话里话外都是劝和的意思:"而且当年你也不是有意冤枉他的嘛,祖宗,你憋心里谁能知道,得告诉他啊。"

偏生他这说起来就没完没了,语音条一个比一个长,满屏的未播放红点晃得魏染眼花,他刚想关了手机眼不见为净,背后突然有人猛地撞了上来。

耳机掉下的瞬间被他反应极快地接住,原本杂乱的心思被车厢中的噪音占据。

他转头去看,只看到了一个颀长的背影擦身而过,白皙侧颈上,一点黑痣分外惹眼。

就在这时,一声不耐烦的怒吼从车厢后方响起。

"我说,能不能别废话了?唠唠叨叨的烦不烦人,不就是一个座儿吗?"

魏染微微侧头,朝斜后方看去。

是最后一排的三连座位处发生了冲突,一个中年女人站在走道上,约莫40岁左右,微微佝偻着腰,穿着一件有些过时的灰色羽绒服。她正跟一个霸座的男人争论,身旁的小女孩大概是她女儿,表情怯生生的,手在女人的衣角上攥出个深深的漩涡。

被倒打一耙,女人胸口急促起伏,斯文的侧脸因愤怒气得染上一层薄红。

"妈妈，算了吧，"身后女儿小声劝她，"我不累的。"

从海市到额尔雅市，足足有十多个小时的车程，大人都撑不住，小孩子怎么会不累？

她深深吸了口气。

打算再次开口据理力争的时候，一个男声却从身侧响起："家人们，坐个火车遇到奇葩了，今天我就带大家见识一下新时代火车霸座。"

好听的年轻音色，介于少年和青年之间。

女人转过头，看到一张极年轻俊俏的脸。

"这位抢人家母女俩的座位不说，竟然还对着孩子妈妈一顿输出，"魏染举着手机，煞有其事地解说，似乎在录制什么视频，"这兄弟腿可真长啊，仨座都不够他发挥的，来来来我们给个特写……"

大咧咧躺卧着的男人忽然反应过来，站起身就想夺魏染的手机："你拍谁呢？！"

坐着的时候不显，站直了魏染才发现，这男人肌肉虬结，且足足比自己高了一个头。

但他并没有慌乱，而是将手机背过身后，仍然站在女人稍前一点的位置处："怎么着，你欺负妇女儿童还有理了？"

"哈……你有种，站这儿别动。"男人一滞，满是横肉的脸肉眼可见地开始变红，很快涨成了猪肝色，他回身从最内侧座位下拽出一个鼓鼓囊囊的背包，拉开拉链开始翻检，里面传出清脆的金属相击声。

所有人都注意到了事态的变化并默默关注，原本嘈杂的车厢变得相当安静，只剩车厢连接处正上方小屏幕内传来的新闻播报声。

"据本台记者报道，青市 4·13 盗掘古文化遗址古墓葬案取得突破性进展，被盗文物于额尔雅市清净园文化交易市场出现，警方发布通告，向广大市民朋友有奖征集线索……"

不知道是不是错觉，魏染总觉得，男人翻检的动作慢了下来。

最终，他动作停止，重新起身时，不是拿东西出来对付魏染，而是将背包背了起来，头上还扣了顶草编的宽檐帽遮住脸，一副要离开的架势。

"别让我再看见你。"临走前，男人压低声音，恶狠狠威胁道，"否则老子一定弄死你。"

"随便。"魏染晃晃手机，收起来，"如果你想让自己的丑事上网的话。"

闹剧中止，偷偷瞧热闹的车内众人也纷纷散开。

站在一旁不知所措的女人拉着女儿，对魏染点头道谢。

魏染冲她一笑，俯身摸了摸小女孩毛啾啾的小辫子，便回了座位。怕那人回来报复母女，他还特意留心了一番，不过到最后也没再见着那个蛮横男人，估摸是去了别的车厢，反倒是被他施以援手的小女孩往他这里跑了两三次，送水果给他。

魏染通通笑纳，并回赠自己最爱的进口巧克力糖若干，一来二去，两人竟然混成了小小知己。

作为国内知名风景摄影师，魏染这次去额尔雅市拍摄是临时起意，他特地选择绿皮火车作为交通工具，就是想着一路上能看看额尔雅草原的景色，唤起些创作灵感。

没想到火车晚点，临下车时已经几近午夜。

此时，对着手机里的一排显示"无剩余房间"的酒店，魏染有些目瞪口呆。

他没料到此时正是额尔雅大草原的旅游热季，正犯愁，忽然听到熟悉的童声问自己："大哥哥，你没有地方去吗？"

抬头看，是他"见义勇为"帮助的母女。

对上魏染的视线，女人不好意思地笑了笑："我看你穿着打扮不像是本地人，所以才让孩子问问你。最近正是游客多的时候，临时订酒店不容易，我刚好在一家客栈工作，如果你需要的话，我可以带你过去……"

这无异于天降救星，魏染痛快点头。

二十分钟后，他站在一家灯火通明、装修简洁明快的小木屋门口，眼瞳微微睁大。

暖黄光影下，小小的木屋伫立在夜色中的辽阔草原上，身后，是近百顶样式各异的帐篷，每顶帐篷前都点缀着灯光，仿佛浓黑画布间零星散落的艳丽花火。

他下意识端起相机，记录着眼前这生动鲜活的景象。

但客栈的招牌让他怔在原地。

带他来的女人不明所以，小心问他："怎么了？看起来有点简陋是吗？但这是草原客栈的特色……"

"不……没事。"魏染飞快点开"郑希"的聊天框，试图逃避现实，"你说迟悬阙家是开客栈的，客栈名字叫什么？"

"我想想啊……好像是单字一个'阙'。"郑希很快回复，五秒钟后，又发了张照片过来，"就是这个，好像用的是繁体写法，蛮酷的对吧。"

魏染看看照片，又仰头去看眼前客栈门口硕大的招牌。

一个硕大的、龙飞凤舞的繁体字。

"阙"。

02

少年决裂，多年未见，无论哪件，都足以在两个原本要好的人之间裂出巨大沟壑，所以从内心讲，魏染并没有做好再次同迟悬阙接触的心理准备，哪怕是他误会对方在先。

但形势所迫，魏染又觉得迟悬阙应该不会突然来住自家客栈，所以还是抬步进了木屋，办理了入住手续。

游牧民族的智慧经过了历史千年的检验，帐篷虽然看着单薄，但足以抵御草原上劲烈的晚风，魏染很安稳地睡了一觉。第二天早上他在公共浴室洗漱过后，享受了口感浓郁的酥油炒米、铜锅奶茶和香酥脆口的炸果子，又被热情的小女孩塞了满满一口袋鲜奶干，才终于出了门。

按照魏染的计划，第一天是简单取景，所以他轻装上阵，只带了一台用于日常拍摄的轻型广角相机。

草原最美的景色都在深处，需要交通工具代步，客栈一侧就是个简易租车点，旁边停着好几辆越野车，魏染过去问了价格，选择了一辆自己曾经开过的品牌车。办租车手续的时候，手机振了一下，他打开一看，是他亲哥魏倾发来的消息。

"小染，玩得开心，早点回家。"

魏染拿出刚才刷过的卡看，发现错拿了哥哥给自己的附属卡。

他失笑，心想肯定是刚才的刷卡账单发到了哥哥的手机上，而他哥在用这种方式委婉地提醒自己开车注意安全。

他撇撇嘴，回："哥，我这是工作。"

这次也很快收到回复："工作开心，早点回家。"

驾车大概二十分钟，游客渐少，广袤无垠的草原上，开始出现如云的成片牛羊和身着传统服饰的牧民。

额尔雅草原上的牧民多是钦察族人，钦察服饰草原风格浓郁，大部分都是颜色各异的长袍，年长些的以灰褐色为主，年轻牧民的衣着颜色则鲜艳些。

如今是盛夏，天气炎热，有些牧民便将长袍的上半部分褪下，堆叠着系于腰间，露出古铜色的皮肤和块垒分明的肌肉。

在劲风的吹拂下，翠绿草色如同绵延无尽的波涛，一浪接着一浪涌来，这种风光是生长在钢筋水泥城市中的魏染很难见到的。他看得入了迷，干脆停了车，用相机找角度取景，完全没有发觉不远处迅如疾风的马蹄声。

待到他察觉了声音，回身望过去的时候，才发现一匹棕马失控似的朝自己冲了过来。马上人似乎是怕极了，整个上半身都伏在马鬃间，完全不看前路，遑论再对无辜路人出声提醒。

时间太短，马速太快，仿佛一眨眼的工夫，棕马就已经来到了魏染面前。

人在危急时刻往往来不及做出太多反应，刹那间魏染的脑海中一片空白，他一动不动地昂起头，就见马蹄高高扬起，下一秒就要踩在自己的面上。

一切都在瞬息间发生，根本不容魏染反应，他逃避似的闭上眼。

然而预料之中的剧痛却未袭来，他被一股巨大的力量搂住腾空而起，而后又急速下落，紧紧地贴在某个宽阔而温热的东西上。

鼻端充盈着强烈的荷尔蒙气息，他睁开眼，视野中央是柔顺茂密的白色鬃毛，而其余则是向后疾退的苍翠绿茵。

这一瞬间的感觉恍如隔世，魏染心里道了声好险，冷汗顺着脊梁骨缓缓淌下。

马是减速状态，风声没那么急时，魏染竭力放大音量说了声"谢谢"。

他话音刚落，马缓缓而停。

耳侧传来慢条斯理的男声。

"一句话可不够，你打算怎么谢我？"

那声音低醇温和，还带着笑意，但听在魏染耳中，却不亚于惊雷滚滚，劈得他僵直了身子，半点都不敢动。

身后又传来很低的一声笑，待马停稳，那人就翻身下来走到了魏染的正前方。

这是个钦察族打扮的少年，脸部轮廓分明，是极其优越的骨相，如同魏染在路上遇到的那些牧民一样，麦色的上半身赤裸着，背上背着箭筒和长弓，腰身被红色绸带勾勒得窄而分明，因为刚才那一番动作，肌理分明的胸腹处挂了一层晶莹的薄汗。

而那一双漆黑暗沉的眼眸，如同草原上捕食猎物的雄鹰，正牢牢擒着魏染的目光。

四目相对一瞬，魏染便承受不住般转开视线，恨不得学草原上那些柔弱的小动物，抱着头狼狈逃窜。

但他刚刚被这人救了，于情于理都不应该装作对面不相识，于是只好勾起一抹诚挚的笑，挥了挥手说："迟悬阙，好巧。"

"确实很巧,在这里都能碰见我的老同学。"迟悬阙也笑,"老同学"三个字咬得意味深长,"来拍照?"

魏染正琢磨着回答,不想对方的话题突然转到自己的职业上,便下意识点头:"是啊……"

回答之后,他又意识到,自己似乎并没有同迟悬阙说过,现在在做摄影师。

不过,他倒是知道对方曾凭借一组草原骑马射箭照火出圈,算小半个网红——也不是魏染刻意去查,只不过那段时间的社交软件上,自己的摄影同行纷纷点赞转发评论,他想不知道都难。

赤裸精悍的腰身,搭弓射箭时的勃发肌肉,如刀刻斧凿般的异域侧颜,还有裹在雪白长裤和漆黑马靴中修长笔直的腿。

魏染不得不承认,挑剔如他,也挑不出这组照片的瑕疵。

当时他想,一定是自己对迟悬阙的愧疚影响了基本判断力。但此刻看着几年未见的人,他又觉得,也许从始至终,自己的眼光都没有错过。

迟悬阙确实是个很出色的人,各种意义上。

"别误会,我可没想探听你的隐私,是郑希告诉我你在当摄影师。"迟悬阙摸了摸白色骏马的头,后者发出舒服的呼噜声,"想好怎么感谢我了吗?"

话题又是一跳,魏染有些猝不及防,他不喜欢这种被牵着鼻子走的感觉,更何况是被迟悬阙。

他一向伶牙俐齿,但此刻也许是因为心虚,隔了半晌他才憋出一句:"帮你拍照怎么样?毕竟是我的专业。"

他曾听郑希说过，意外走红让迟悬阙困扰，所以他拒绝了慕名而来的各路摄影师，后续只有从游客那里传出的零星偷拍照。

想到这里，他又补一刀："但是得挂在我的微博上，毕竟是我的劳动成果。"

本以为会被迟悬阙果断拒绝，不想对方扬起眉，盯着魏染胸前挂着的相机，笑得坦荡："好啊，我看你也带了相机，咱们择日不如撞日，就今天，怎么样？"

握着缰绳的手忽然被更宽大的手代替，身后骤然一暖，迟悬阙坐回他身后，如同一堵坚实的城墙，挡住了来自草原的风。

被迟悬阙一系列武断的操作震惊，直到马再次跑起来的时候，魏染才惊呼出声："哎，我的车……"

"那家租车公司是我家开的。"马蹄声和着风声，让迟悬阙的话低到近乎难辨，"等回来再去拿。"

拍摄的过程倒是相当顺利，虽然不习惯与迟悬阙在一起工作，但一进入状态，魏染便会相当专业，再加上他刻意提高了效率，不出两个小时，便结束了拍摄。

趁着迟悬阙收拾弓箭的工夫，魏染向前翻相册中的照片，意外觉得满意，他正要招呼迟悬阙来看，眼尾的余光却忽然扫到一只雪白的团子。

他转过头，只见一只白玉可爱的小兔子，正躲在不远处的绿野中，直盯着自己瞧。

这幅画面野趣横生。魏染下意识地起身，一只手将相机切换成拍摄模式，另一只手略微下压，对望过来的迟悬阙比出噤声的手势。

向前走了几步，白兔忽然被惊到，掉转身，用屁股对着魏染，快速溜走。

魏染大失所望，他不想显得窘迫，便转身举起相机，一边倒退，一边对取景框中的迟悬阙扬声说："你上齐装备别动，我离远点拍几张。"

迟悬阙真就重新拉弓搭箭，站在原地不动。见他如此配合，魏染还真找到了个合适的角度，他刚要按下快门，却突然感觉脚边的草丛中传来一声响。

可没等魏染低头去看，左脚腕处忽然一紧，像是有只手抓住了他。

对方猛地一拽，魏染没防备，直接跌在地上，不远处的迟悬阙察觉到了他的异常，将长弓往肩上一背，也没来得及卸下箭筒，就朝魏染跑了过来。

但那股拉力实在巨大，不光是左脚，右脚也被控制住，魏染慌乱地挣扎，却无济于事，被快速拖动着往后拽。

在最后的瞬间，他感觉自己的胳膊被粗糙的、带有薄茧的掌心攥住。

然后眼前一暗，他坠入了一处黑暗。

03

"咳咳咳咳……"下坠的身体堪堪落定，肺部便灌入一阵混合着腐败落叶气味的空气，魏染撑起身体，惊天动地地咳嗽起来。

"这么多年没见，身体素质还是这么差。"细弱的手机光线亮起，迟悬阙的脸自黑暗中浮现，言语间毫不客气，"咱俩决裂之后你是不是再没锻炼过？"

嘴被占着，魏染暂时没办法反击回去，只好一边咳嗽，一边手握拳，狠狠地捶在迟悬阙的胸膛上。

指节触及之处很柔软，不知什么时候，迟悬阙穿好了外袍。

在迟悬阙看来，这一下比驯马时挨的踢要轻上百倍。他以德报怨，一只手握住魏染的拳，另一只手从腰间解下水囊，递了过去。

魏染猛灌了一口，总算止住了咳嗽。他理顺气息，嘴巴得了空，回敬道："我身体素质好不好，有没有锻炼过，又跟你有什么关系？"

这样说着，他忽然想起大一同迟悬阙成了好友之后，被对方嘲笑年纪轻轻就身体虚。自打那时起，他就被迟悬阙逼着一三五跑步，二四六做力量训练，且必须按时吃饭，效果自然显著——大学前两年，他竟然破天荒地连感冒都没得过，惊得他哥啧啧称奇，连说小染真是脱胎换骨了。

两人决裂后，魏染便懒得再动，他本就不是容易练出肌肉的身形，之前的锻炼只不过让他更结实了一点而已，放纵之后便又瘦了回去，诸如风寒发烧等小病也不间断地如约而至。

魏染心中微涩，他绝对不可能在迟悬阙面前示弱，他希望自己对外展露的永远都是骄傲的、完美的，尤其是面对迟悬阙。

所以问完那句话后，他便如同炸了毛的刺猬，警惕地竖起浑身尖刺，等待迟悬阙可能会脱口而出的嘲讽——他很了解迟悬阙，对方虽然话不多，却是那种一旦遇到自己看不爽的人，就非得让其难堪的类型。

然而迟悬阙的话让他愣住。

"当然有关系。"嗓音低沉，徐徐散开，空气中仿佛加了金属粒子，传导到魏染耳中，激起奇特的嗡鸣，"很久没见了，我经常会想起你。"

魏染突然不知道说什么好，这种感觉就像与比自己强大得多的敌军对垒，他本想破釜沉舟一战，对方却突然打了白旗。

嗫嚅一瞬，他少见地没有回嘴，而是别别扭扭地说："……记得我的朋友多了。"

说完这句话，魏染才发觉其中有点歧义，他以为迟悬阙会趁机抢白，却没想到对方只是笑了一声，说起另一个话题："身上疼不疼？"

身上有跌落造成的疼痛，却没到难以忍受的地步，已经打定主意要逞强，魏染回答不疼，然后从相机包里掏出手机，打开手机自带的手电筒，向四周照过去。

他本以为这只是个小土洞，一照之下，却愣住了。

狭窄的、只有两人宽的空间内，后方是斜坡似的土堆，似乎就是他们落进来的位置，前方黑黢黢的不见底，而左右两侧则是一块块的砖型结构，砖与砖的缝隙之间，则被干涸的灰白色泥状物填满。

而脚下则是宽大石板铺就的一条路，在凄冷幽光的映照下，惨白到瘆人。

就像怕吓着谁似的，魏染顿了顿，用很小的音量问迟悬阙："这是哪儿啊？"

还没等到回答，身边忽然响起一阵细小的刮擦声，就像是……有人在左边紧挨着他，在用细长的指甲抠砖墙。

可迟悬阙明明在他右边！

魏染头皮一炸，下意识地跳了起来。

与此同时，迟悬阙扶住他，问："怎么一惊一乍的，越活越回去了？"

魏染心跳如擂鼓，他猛地抓住迟悬阙的袖子，哆哆嗦嗦地说："迟悬阙……有……有人在我旁边挠墙！"

没想到，迟悬阙平静地回答："我也听到了。"说着他举起手机向墙上照，同时对魏染说，"你看。"

迟悬阙的平静莫名影响到了魏染，最初的慌乱过后，他稍微镇定了一些，于是大着胆子向前去看，只见手电筒正对着墙，光源中心的位置颤颤巍巍地伏着几根粗壮的……

魏染惊讶道："这里竟然还有藤蔓？"

在他的印象里，藤蔓一般都会生长在潮湿温暖的地方，怎么会出现在草原上？

"见识少。"迟悬阙说，"这叫鹅颈藤，是草原上很有名的药材，可以消肿止痛。"

迟悬阙用手挑起一根鹅颈藤，魏染感觉自己的左边脚踝忽然被牵制，低头一看，原来那根鹅颈藤的末端正缠在他的左脚踝上。

他本来对迟悬阙那句"见识少"很不满，见状立即失去了争论的心思，讶异出声："刚才把我拽下来的就是它！难道它会动？"

"嗯，是有些奇怪。"迟悬阙放开他，拽了拽藤蔓，它的另一头深陷在砖墙缝隙之间，"也许是它缠住了什么活动的东西，所以才会突然收紧，把你拽了下来。"

魏染蹲下身，三两下将身上的藤蔓扯下来，拍走身上落下的碎叶，又跺了跺脚："不管怎么说，咱们赶紧走吧，这里看着有点吓人。"

迟悬阙不置可否地起身，却没有跟着他一起走。

在魏染的印象中，自己落下来的时候并没有感觉到任何阻碍，再加上迟悬阙也能通过，那个洞应该不小。

然而，往旁边举着手机抬头望时，魏染才发现，那里根本没有什么洞，入眼的满是坚硬的土堆。

之前的入口被堵住了！

心猛然向下一沉，他这才意识到，自己似乎被困在了这个地方。

他不可抑制地有些仓皇，但下一秒就转过身，沉默着朝反方向走，对斜倚着砖墙的迟悬阙恍若未见。

迟悬阙发现不对，拉住他："你去哪儿？"

"放手。"魏染没有发觉，自己的声音中含着一丝微不可察的颤抖。

怕被发现自己的脆弱，他坚决不去看迟悬阙，只留给对方一个倔强的白皙侧脸："我自己去前面找出口。"

身侧传来一声极轻的叹息声，迟悬阙不但没放手，反而攥他更紧："怎么好好的又生气了？"

听到这样倒打一耙的言论，魏染几乎都要气笑了，他忍了又忍，最终还是按捺不住地大声道："迟悬阙你讲不讲理？明明是你说不跟我走的！"

晦暗的光线中，对面那人静了一瞬，然后有些好笑地回答："魏染，你误会了吧，不是我不跟你走。"他冲入口的方向轻抬下颔示意，"你自己说，现在外面是白天还是晚上？"

魏染呆了呆，忽然明白过来——现在是白天，如果来时的洞口尚能通过的话，怎么会连光都照不进来呢？

原来迟悬阙早就发现了异常。

想通了其中关节，他心里有些惭愧，但他马上想到迟悬阙也有不对的地方：自己刚才是心急疏忽了，可迟悬阙为什么不能提醒一下自己呢？

见到他的表情，迟悬阙有什么不明白的，语气中添了些无奈："我是想提醒你。可你想想，你会听吗？"

看着迟悬阙一脸"我太了解你了"的表情，魏染忽而想到，上大学时，他与迟悬阙形影不离，做任何事情都在一起，而每次做小组作业时，他总是很霸道地要求迟悬阙一切都听自己的，即使对方说得有道理，他也要撞了南墙才肯回头。所以后来，迟悬阙就不再同他争辩，而是先陪着他朝错误的方向走，等到魏染别扭地表示此路不通，迟悬阙才会把自己早就准备好的选题奉上。

想到这里，魏染突然发觉，从小到大，似乎只有迟悬阙这样无条件地迁就过自己。

一丝愧疚感浮现，魏染迟疑开口，想跟迟悬阙说自己确实错怪他了，但他是不习惯道歉的人，话语咬在唇间，迟迟不能吐出："我刚才……"

"走吧。"迟悬阙却伸手胡乱揉了一把他的头发，打断道，"往前走，这里一定有出口。"

两人向前行进一段，回荡在通道内的腐叶气味更甚，而原本乏善可陈的红色砖墙也起了变化，开始出现大片用彩色油墨绘制的、线条古朴的壁画，壁画的内容则是身穿古代服饰、做着各种怪异举动的人。

有些像骑马打仗的将士，有些则是身穿窄袖宽裙的仕女。

沉默地看了一阵，魏染忽然开口："迟悬阙。"

"嗯？"迟悬阙答。

"你有没有觉得……"虽然知道自己接下来的话无比荒谬，但魏染还是迟疑着开口，"这里有点像……"

"嗯。"迟悬阙简洁干脆地回应，似乎早就知道他想说什么，但他又没有继续往下说——这也是在魏染身边养成的习惯，任何需要下定论、做决定的事情，迟悬阙都自愿让步，由着魏染先来。

"所以……"魏染停下，在白惨惨的手机光线中，像寻找依靠一样，去捕捉迟悬阙的眼睛，"这是一个古代墓穴？"

04

这种问话显得有点多余，但如同以往无数次两人的对话一般，迟悬阙与魏染对视一瞬，还是给了他一个肯定的答案："我想是的。"

猜测被迟悬阙确认，魏染脑子都要炸了，他没想到自己只是同迟悬阙一起拍个照，就落入了这种常人难以想象的境地。

也许老天是在惩罚我当初误会了迟悬阙？他想，不可能啊……如果是因为这个，那迟悬阙为什么也会掉下来……

满头雾水加震惊地想到这里，魏染就听到迟悬阙在身侧开口："别想了。"

啊？

魏染看着迟悬阙，不解。

迟悬阙瞥了他一眼，说："每次你用脑过度，我都能听到你大脑费力转动的声音。"

魏染忽然十分确定，不管因为什么，反正迟悬阙和他一起掉下来，肯定是恶有恶报！

事已至此，后路不通，便只能朝前走。墓道看着幽深，其实那只是黑暗中的错觉，大概走了一百，他们便来到墓道的尽头。

这里伫立着两扇紧闭的石门。

石门旁边有个造型简单的圆形小石台，上面是个比石面颜色稍深的、类似于抓娃娃机的扳手，扳手四周的石台上雕刻着一个硕大的圆盘，几乎占据了石台整面，圆盘被分成四等分，分别刻着让人摸不着头脑的长短线条。

魏染打量着那扳手问道："迟悬阙，你说这是干什么用的？"

迟悬阙言简意赅："看起来像打开石门的机关。"

魏染也是这样想的，便说："既然不能从掉下来的地方出去，那我们就得想办法打开这扇门。"

说罢，他盯着刻在石面上的圆盘研究。

半晌，却败下阵来——因为压根没看懂。

但魏染仍有自己的一番推论，他煞有介事地分析："也有可能是陷阱。根据我看盗墓小说的经验，一般碰了这种东西，就会发生特别吓人的事情。"

说着，他冲迟悬阙挤眉弄眼，做了个凶狠的神色。

然而眉梢眼角还没复位，眼角的余光就已经捕捉到，"扳手"忽然向上一动。

黝黑的通道深处忽然传来一阵"咔咔咔"的轻响，就像机栝移动的声音。

浑身的汗毛在同一时间直立起来，魏染满脑子都是"完了完了"，他立刻噤声，抓着迟悬阙向来的方向快速跑了几步，然后紧贴住一侧砖墙，大气都不敢喘。

根据以往阅读小说的经验，在墓穴里突然出现某种怪声，那么接下来就会出现一些诡异事件，比如石门咔嚓咔嚓慢慢打开，在难以呼吸的紧张感中，浑身腐烂的僵尸啊、狗头人身的鬣狗人啊等等突然出现，缓缓地逼近他们，然后这样那样，再那样这样……

总而言之，全是那种主角的耍帅场景和炮灰的催命神器之类的恐怖情节。

然而提心吊胆等了半天，四周却没有任何异常，只有两束灯光打在对面的砖墙上，将壁画上那些站着的木梁军士打扮的人俑映得清清楚楚。

"我们在等什么？"又过了一会儿，一直老实配合的迟悬阙用很诚挚的语气请教他。

魏染尴尬地轻咳一声，急忙放开迟悬阙，下意识地贴住后背的砖墙："我还以为——"

话还没说完，随着"轰隆"一声巨响，后背突然一空，魏染没准备，重心失衡，直接向后仰倒过去。

魏染紧闭双眼，心想按照自己这个姿势，最少也得摔成个脑震荡。

下一秒，他却摔在一个软乎乎的"垫子"上。

"祖宗。"耳边传来吃痛的抽气声，"你能不能让人少操点心？"

迟悬阙不愧是在草原上长大的钦察族人，他反应极快，就着魏染栽倒的势头，向前一扑，带人就地滚了一圈，直到腰背撞上了某种坚硬的物体才算停下。

魏染急忙起身。短短一会儿，这已经是迟悬阙救他的第二次，而且最关键的是，迟悬阙句句属实——刚才他指尖落在墙上，触到一块活动的砖石，无意识地将砖石推进墙内，后背的砖墙才会突然消失。

魏染心里愧疚，这回没有和迟悬阙拌嘴，而是老老实实地把前因后果说清楚。

迟悬阙躺在地上听完，等前胸后背的疼痛也缓解了些才起身，无奈发问："刚才你都说这里是古代墓穴，还随便乱按？你不怕按到什么机关，把我们弄死？"

魏染百口莫辩，他丧气地垂头，第一次没有反驳。

和魏染的傲娇脾气不一样，迟悬阙从来都是点到即止。他不再多说，而是安抚地拍了拍魏染的肩，拿手机向四下一晃。

魏染想将功补过，也默默捡起刚才摔在地上的手机，借着迟悬阙手机的光照，看清了四周。

这里是一间客厅大小的居室，四壁和外面的墓道一样，也是砖墙结构，居室中央有几个与人等高的人俑，直挺挺地站着。或许是因为不见日光，它们色彩艳丽逼真，表情也栩栩如生，而迟悬阙刚才就磕在其中一个人俑小腿上。

魏染压下害怕，留心观察，发现这些人俑分成了两排，每排都是四个。

他暗暗记下，就听到迟悬阙让他看最内侧的人俑脚边。

魏染走过去看，那里是几个金黄色的小罐子，罐中空空如也，罐身上印着"胤"的字样。

"是祭祀的金器。"迟悬阙告诉他，"是古胤朝的墓穴，之前新闻里说，在其他地方也发现过。"

魏染自然知道古胤朝，那是由骁勇善战的钦察族人建立的游牧国家，被称作"马背上的王国"，而额尔雅市，就是曾经的古胤朝王都旧址。

在额尔雅草原发现古胤朝的墓穴，也算是符合常理。

四下再无其他新发现，沿着砖墙摸到之前那块活动的砖石开关，大门再次开启，魏染特地将手机光调亮，这才看清楚，原来砖墙上下都安装了类似滑道的机关，只有按下按钮，机关启动，砖墙才会滑开。

两人刚从这个有金器的居室中退出去,砖墙便再次合上,魏染见没有危险,胆子也大了起来,和迟悬阙说再去墓道里摸一摸,或许还有其他居室,能找到一些线索。

想到线索,魏染突然想到,手机需要照亮不方便,但他正好带了相机,可以顺便将居室内的情况拍下来研究。

他下意识地去摸相机包,却发现里面空空如也,应该是落在刚才那个居室了,便伸手去砖墙上摸了按钮,一边转头跟迟悬阙说:"我相机落在里面了。"

他一边举着手机后灯,再次跨进了居室。

在手机灯微弱的光线下,魏染对准地下寻找,却一无所获。

耐心很快耗尽,他漫无目的地拿手机扫过地面,突然心脏重重一跳,头皮也像是通了电,一阵一阵地开始发麻。

他记得很清楚,原本居室内有两排人俑,每排都是四个,那么,每排就应当是四对人俑腿。

可是,就在刚才用手机扫过人俑下半身的时候,他清清楚楚地看见了五对人俑腿。

——这里多了一个人俑!

05

魏染情不自禁地闭了闭眼,但仿佛有钩子勾着他似的,他的目光还是落在了末尾那个多出来的人俑上。

弯如新月的眼,高高吊起的唇角,浑身上下都是色彩绮丽到瘆人的红色袍服。

那是一张诡异的笑脸。

心跳几乎停止，魏染猛地后退一步。

之后的记忆变得模糊，似乎是迟悬阙喊了他的名字，又拉住了他。等魏染重新找回神智的时候，发现自己已经好端端地靠坐在墓道中，而迟悬阙拿着他的相机站在居室门口，问："你刚才进去找这个？"

消失的相机重新出现，魏染看着迟悬阙如常的面色，他几乎可以肯定对方并没有遇到那个诡异的人俑。

难道是幻觉？

不，不可能。

脸上血色一点点消失殆尽，他轻声唤："迟悬阙。"

迟悬阙发觉了他的异常，皱眉，低沉地"嗯"了一声。

魏染扬起一张素白到瘆人的脸，没有注意到自己的声音颤得厉害："刚才我自己在里面的时候，看到多了一个人俑。"

这回迟悬阙没应声。

但从这个角度，魏染能看到眼前少年臻于完美的面部肌肉很轻微地绷紧，就像是……听到了很荒唐的笑话。

喉结轻微滚动，他不由自主地咽了咽口水，轻声追问："你不相信我吗？"

你不相信我吗。

这句话声音轻到过分，即使在寂静的墓道中，也到了低不可闻的程度，但听在两人的耳中，却不亚于一声惊雷。

这声惊雷曾响彻三年前的雨夜。

魏染恍然想起，彼时他们在体育馆前的操场上对峙，夏天的大雨顷刻间浇透周身，他咬着唇看着迟悬阙，他们的距离并不算远，只有一步之遥，但这一步却如同天堑，将他们分隔成永远的对立面。

只不过，那时问出这句话的是迟悬阙。

大雨中的迟悬阙，一手握着箭术比赛选拔专用的制式长弓，另一只手将过长的额发拨在脑后，纵使形容狼狈，也难掩刀雕斧凿般的深邃容颜。

那张脸上的表情是痛苦的。

"你不相信我吗？"迟悬阙沉着声音问他，"魏染，我只要你一句话，你信不信我？"

如果换作现在，魏染想他一定有更多更好的方式来化解同迟悬阙的误会。但当时的他太年轻了，天真也好，愚蠢也罢，能想到的办法只有同自己心中的小人划清界限。

"迟悬阙，我不相信你！"他抹了把脸，咬着后槽牙，一字一句地告诉迟悬阙，"你这个小人，骗子，只会用作弊来偷别人机会的懦夫！"

关于那段对峙，最后的记忆便是迟悬阙暗淡如黑曜石的双眼和转身离开的背影。

和迟悬阙的决裂让魏染痛苦，毕竟他曾对迟悬阙掏心掏肺了两年，但同时他也很快意，觉得这种蝇营狗苟之徒就应该被迎头痛骂一顿。

但他没想到的是，大四时他才迟迟得知那天的真相。

迟悬阙全然无辜，而自己才是助纣为虐的恶人。

此刻想起那些事情，对魏染来说无异于是另一种折磨，虽然时机很不恰当，但他突然对当时的迟悬阙感同身受，这种感同身受无疑为长久以来的愧疚加了码。

然后他从迟悬阙平静的眼神中读出了某种意味——迟悬阙也想起

了两人之间的决裂，想起了自己被误会被辱骂的屈辱时刻。

幽深黑暗的墓道寂静无声，在白色的手机灯映照下，迟悬阙一瞬不瞬地盯着他，就像审视。

也许过了很久，也许只有一瞬间。如同春雪融化，眼前深邃挺拔的少年忽而一笑，反问魏染："为什么不信？"

魏染睁大眼睛，面上的表情迷茫仓皇，就像是误入山林的一只小鹿。

"都告诉过你，不要多想。"迟悬阙勾起指尖，弹他的额头，"魏染，你自己想想，我什么时候怀疑过你？"

听到这句话，有那么一瞬间，魏染觉得茫然。

将心比心，换作是他被人误解伤害，一定会在这个角色反转的时候拿话狠狠刺对方一通，却不想迟悬阙就这样浑不在意地说"我什么时候怀疑过你"。

是了，迟悬阙确实从来都没有怀疑过他，甚至……连魏染当年的憎恶和厌弃都一并相信了。

然而此时此刻，魏染忽然产生一种类似于被赦免的感觉。

"感动了？我警告你，别在这个时候哭鼻子啊。"看到魏染眼尾发红，迟悬阙在他眼前打了个漂亮的响指，"小祖宗，拜托成熟点，现在没人有时间哄你。"

累积的感动突然一泄而空，魏染瞬间冷下脸："……谁哭了？！"

他早该醒悟的，迟悬阙总是这样哪壶不开提哪壶，根本不值得人感动！

"我哭了，行了吧。"迟悬阙的表情带了点玩味，然后就在魏染竖起眉毛之际，他忽然端正神色，沉声道，"所以你的意思是，刚才你单独进到那里的时候,里面突然多出来一个人俑?会不会是光线造成的视觉误差?"

"不可能。"魏染也知道轻重缓急,他收敛神色,"我敢肯定,那绝对是个真实的东西,因为它长得特别……"

他停顿一下,想说那个人俑长得特别吓人,但又不想让迟悬阙觉得自己胆小,于是临时改口:"特别独特。"

"独特。"看着魏染尚未恢复血色的脸,迟悬阙笑吟吟地咀嚼这两个字,但不戳破他,只重新摸索到墙上的按钮,按下。

"轰隆隆"的声响响彻墓道,魏染站在他身后,愣愣地问:"迟悬阙,你要干什么?"

"眼见为实。"迟悬阙将手机举起。

白森森的光线,正好照出居室最内侧那张扭曲的笑脸。

06

刹那间魏染心头一惊,差点再次吓得尖叫出声。他本能地向前伸出手,想要将迟悬阙往回拉,却没想到下一秒,迟悬阙直接走进了居室。

在魏染震惊的目光中,迟悬阙转过身,说:"你们夏人有句话,克服恐惧最好的办法是直视它。你在这里等着,我去看看。"

说完,迟悬阙又补上一句:"别怕。"

谁怕了!

这是魏染的第一个想法。

接着,他的第二个想法是:你让我在这里等,我就等吗?我偏要一起去!

然而,正当他准备抬步往居室内走时,砖墙却抢先一步在他鼻尖前合拢。

离得太近，魏染直接被灌了一鼻子的灰，他呛咳着往后退了两步，在幽深的墓道中央站定。

魏染有些不知所措，紧接着感到无比恐慌，他吃不准之前单独在居室内看到的景象到底是真的，还是自己在极度害怕中产生的幻觉。

如果是真的，迟悬阙这么冲动，会不会被那种怪力乱神的东西伤害？

白光打在红灰相见的砖墙上，形成深深浅浅的圆形光晕，就像某种类似于禁锢的征兆。魏染急促地用手去摸砖墙，找准一个位置，胡乱地按了下去。

或许是操作太过频繁，顿了两秒，砖墙才应声而开。

还没等门彻底打开，魏染就举着手机灯，钻进了半边身子，语气急促道："迟悬阙，快出来！"

话音忽然戛然而止。

居室里，八个人俑侧对着他静静站立——迟悬阙和那个多出的人俑都不见了。

魏染僵在原地。

不知过了多久，他忽然听到一个很轻的人声："迟悬阙？"

魏染打了个激灵，这才反应过来，声音是从自己口中发出来的。

随后，巨大的惊恐淹没了他。

没有任何迟疑和犹豫，魏染冲进居室，借着微弱的光线，他逐个地去检查那些人俑，又去照居室内的那些金器，就像是迟悬阙会突然从那些罐子里蹦出来，然后笑着对他说："被我骗到了吧。"

但并没有。

魏染彻底绝望了。

他闷声不吭地从居室里走回墓道，单手握拳，狠狠地往砖墙上捶去。

但他的指节并没有撞上坚硬的墙面，而是陷入了一个温热的、带着薄茧的掌心。

那一瞬间心中仿佛无数念头闪过，魏染震惊地抬头，看到迟悬阙正微低着头看他。

"不是吧魏染同学。"迟悬阙挑起英挺的眉，半是不解半是好笑地看他，"单独待这么小一会儿，你就要自残？"

接着，他头更低了一些，语气很轻地问："……这么害怕啊？"

愣了两秒之后，魏染垂下眼，说："松手。"

迟悬阙松开手，在心里数了三下，果然感受到胸口处忽然迎来一记重击。然后他配合地呻吟出声："啊，好疼！"

"疼就对了，这是你应得的教训！"魏染板着脸回答，"谁让你装失踪吓唬我！"

"是，我的错。"迟悬阙笑着点头，"但正义的魏审判官，你就不想知道我是从哪儿出来的？"

刚刚被迟悬阙的胡言乱语打岔，魏染差点忘了重点，他立刻好奇起来，但又怕迟悬阙继续逗他，只警惕地拿眼去瞧人："哪里？"

魏染的眼睛又黑又亮，眼角有些下垂，警惕看人的时候颇有几分无辜可怜的感觉，像一只生怕受到伤害的小猫。

见到这样的魏染，迟悬阙笑意更深，不再吊他胃口，直接向侧后方一指："那里。"

魏染跟着看过去，发现迟悬阙所指的地方也是砖墙。

迟悬阙侧过身，往那边走了约二十步左右，手按在墙上，那一小块砖墙应声洞开。

"这面墙上也有机关。"魏染惊讶地说。与此同时，他隐隐约约明白，为什么居室里的人俑时而是四个，时而是五个，而墙边的金器也时有时无。

不是人俑动了——是居室在动。

"对。"仿佛印证他的猜测，迟悬阙继续说，"而且刚才我看过了，墓道两侧的墙上不只有这两个按钮，前面五十步左右还有一个，如果我没猜错的话，这条墓道应该共有四个这样的移动居室。"

"四个？"魏染蹙眉。

迟悬阙却不再继续解释，而是转身向墓道深处走："跟我来。"

魏染跟了上去。

重新站定时，两人已经来到墓道尽头那扇紧闭的石门前。

"之前我就觉得这些东西很熟悉，但一直不记得在哪里见过。"迟悬阙用手机背灯照那个中心带扳手的小石台，"刚才在居室里，我突然想到，我熟悉的不是这幅图，而是上面的线条——这是古钦察语。"

魏染本来在观察圆盘，听到这话，抬头去看迟悬阙，惊讶道："你认识古钦察语？"

不怪他吃惊，上大学的时候，他听考古专业的同学提到过，因为文字普及度不够，钦察族人建立的大胤朝很少使用文字进行记录，因此会古钦察语的人很少，即使是钦察族的后人也并不是人人都会。

"我爷爷认识。"迟悬阙低声回答，"在我很小的时候，他教过我，但后来他去世了，所以我才没有第一时间认出来。"

听了这话，魏染有些说不出话，他沉默着拍了拍迟悬阙的肩。

"古钦察语和夏语的认读方法完全不同，我认识的也不多。"迟悬阙继续说，"但这面圆台上的字都比较简单。"

"是什么？"魏染压抑着激动，他凭直觉认为这是破解移动居室之谜的关键线索。

"金、木、水、火。"

"金木水火？是五行说。"魏染瞪大眼睛，"是《易经》里面的理论。"

"没错，你很聪明。"夸了魏染一句，迟悬阙说，"看来当年的国学选修课没白上。"

"当然了，"被迟悬阙夸奖，魏染努力装作若无其事，却没发觉自己已经翘起唇，"咱们一起上的课，难道你忘了？"

"记得。"迟悬阙说，"那时候我的夏语说得不好，课件都是你帮我整理的。"

"那都是应该的。"魏染盯着颜色稍深的扳手思索，"可如果是和五行有关的话，为什么只有金木水火四个字呢——土去哪儿了？"

然后他突然一顿，抓过迟悬阙的手机，仔细去照那个扳手。

在极近的光线下，扳手颜色更加清晰，是深褐色，就像……

"这就是'土'！"魏染拼命回忆五行理论的基础知识，"我记得课上说，木生火，火生土，土生金，金生水，水生木。也就是说……"

迟悬阙接过话："也就是说，扳手代表石门，属性是'土'，四个移动居室则代表'金木水火'。"

"火生土……所以，只要'火'居室移动到石门旁边，门就能打开！"想通其中的关节，魏染激动得几乎有些忘乎所以，他甚至想给迟悬阙一个拥抱，事实上，他连双臂都微微抬了起来。

但迟悬阙却没有留恋地转过身,朝来时的方向折返,只留给他一个挺拔精悍的背影:"我们第一个发现的居室里有金器,姑且当作金。多了个人俑的那居室我也观察过了,里面的房顶带着横梁,是仿木结构,可以看作木。剩下的两个我们分别进去看,找找有没有和水火相关的东西。"

"哦……"

魏染有些尴尬地跟在他身后,方才两人间的默契仿若一场梦,他逐渐清醒过来,心想也许对于迟悬阙来说,自己只是在这种绝境中被迫选择的合作伙伴罢了。

毕竟,他曾那样决绝地同别人站在一边,伤害了孤立无援的迟悬阙。

有了目标之后,行动变得高效。他们很快确认,另外两间居室中,一间中的人俑脚下有类似于河流堤坝的沟沟壑壑,属于"水",而另一间里,人俑则做将士打扮,统一背着火铳,属于"火"。

金木水火都已明了,接下来便是研究如何移动居室,他们尝试了各种办法,譬如同时按下两个居室的按钮,或者尝试扳动那个扳手,结果一无所获。

最后还是魏染找到了其中的规律——居室移动时是没有什么声音的,只有代表火的居室移动到扳手旁边时,才会出现他之前听到的那种仿若嗡鸣的机栝声。

他觉得这是"火生土"的意思,同迟悬阙分享,迟悬阙沉吟一瞬,点头同意。

魏染是想到什么就去做的性格,在"火"居室第二次移动过来时,他猛地扳动扳手。

这回，扳手很轻易地被他扳动了。

那一瞬间什么都没有发生，他迟疑地去看迟悬阙。

光线幽暗，映得迟悬阙面目绮丽，轮廓完美到不似真人，而更像是希腊神话中的尊贵神祇。

就在同时，巨大的重物移动声传来。

"轰隆隆——"石门缓缓而开。

光从尚未完全开启的门缝中一齐涌了进来，习惯了黑暗的眼睛不受控制地淌出眼泪，魏染下意识地伸手去遮挡光芒，却忽然感觉胳膊一紧，眼前一暗。

他被迟悬阙拽到身后。

这是一种近似于保护的姿势。

刹那间魏染突然生出一种想反抗的冲动——不是讨厌迟悬阙，而是想和迟悬阙调换位置，由自己来当那个保护对方的人。

但还没等魏染付诸行动，迟悬阙就放开了他。

他知道这是前方安全的信号，于是从迟悬阙身后探出脑袋。

双目适应后，石门内的光不再让人觉得刺眼，反而有些发暗，但足以让人看清内里的样子。

眼前是个宽阔的、一眼望不到头的绿色大厅，穹顶散发出微光，散落着无数闪烁的、仿佛星辰一样的物体，看上去就像草原夜晚的天幕，但又不能说是完全一模一样，毕竟在这个时代，就算是草原，也不会拥有如此璀璨的星光。

而大厅内是大片的翠绿，那种绿色来源于成片的藤蔓，室内无风，藤蔓却在轻轻摆动，仿佛草原上翠绿的奔涌的波涛。

魏染率先往前走了两步,大厅内的一切看得更加清楚,他注意到大厅左侧边缘那根同样被藤蔓覆盖缠绕的石柱。

正对他的部分,藤蔓中央突兀地露出一片苍白,就像是石柱掉了漆,但紧接着魏染意识到那并不是掉漆,而是一张惨白的人脸。

07

魏染悚然一惊。

与此同时,他被人抓着往前一送。

魏染站定后回头,发现就这么几秒钟的工夫,两扇洞开的石门已经紧紧合拢,如果不是迟悬阙反应快,恐怕他刚才早就被重若千钧的门挤成一张薄饼了。

又被迟悬阙救了一次,魏染有些汗颜,但此时另一件事更加要紧,在幽暗的星辰光芒中,他摸索到迟悬阙所在的位置,示意迟悬阙去看那根石柱。

迟悬阙顺着他的指示看过去,顿了一下,低声说:"你在这儿等着,我过去看看。"

"啊?你疯了?"魏染一听就要急眼。

按照他的想法,两个人是要离那根石柱越远越好,迟悬阙竟然要"过去看看",这不是疯了是什么?

迟悬阙却说:"出口在那里。"

魏染定睛一看,可能是因为受到惊吓的缘故,刚才他并没有注意,原来那根石柱后面还有一面同之前的石门雕刻着同样花纹的石墙,而石墙边缘处则有藤蔓折断的痕迹。

如果那里真的是出口的话,确实得过去看看不可。

既然没有其他办法，魏染便只能妥协，但他却绝对不能同意迟悬阙自己过去："我要和你一起去。"

最后一个字落下时，生怕迟悬阙反对似的，魏染马上抬步往那边走。

迟悬阙发出了一声意味不明的气音，但最后到底也没有说话，而是配合地跟在他身后。

地上的藤蔓蜿蜒缠绕，样子很像是之前在墓道中见过的鹅颈藤，魏染仍心有余悸，因此在走路过程中特别小心，尽量找空隙走，不踩到那些藤蔓，以免再被拖倒。

离石柱近了，魏染才发现，被藤蔓裹在石柱上的并不是活人，而是一具尸体，那张脸上的皮肤已然干瘪萎缩到极致，唇苍白如纸，蜿蜒着类似于沟壑的纹路。

突然，那一双如同薄纸似的眼皮撑起，露出黑黢黢的眼眶，眼眶中分别探出两根细细的藤蔓。

"啊！"魏染没防备，结结实实地吓了一跳，他控制不住地往后退了一步，恰好踩在一根鹅颈藤上。

藤蔓底下还是藤蔓，有点打滑，魏染重心不稳，直接摔在地上，就听见一声微弱的呻吟声在身下响起："哎哟……"

紧接着眼前一花，还没等魏染反应过来，他就被迟悬阙从地上拉了起来。

迟悬阙却没有看他，而是盯着藤蔓堆叠之处，厉声问："你是谁？"

藤蔓颤颤悠悠地直晃，少顷，中央缓缓伸出一只白皙纤长的手，五指张开，摇了摇："兄弟，我被这些玩意儿缠住起不来了，麻烦拉一把。"

魏染同迟悬阙飞快对视一眼，听那人的语气，似乎只是行动受限，没什么生命危险，所以他没着急帮忙，而是开口问："你为什么会在这儿？"

"别提了！我就是来草原上旅个游，没想到突然被藤蔓拖到这里，这些藤蔓用手根本扯不断，搞得我起都起不来，只能躺在这儿等人帮忙。"对方似乎明白他们的顾虑，言语间十分配合，三言两语间便把情况交代清楚。

这套说辞同魏染他们的经历基本一致，而且这陌生人虽然反应淡定，但长时间待在这种环境中，倒也说得过去，于是在迟悬阙看过来的时候，魏染也轻轻点了点头。

两个人一起帮对方扯掉藤蔓。一上手魏染才发现，大厅中的藤蔓与墓道中的看起来相似，但摸起来的触感截然不同，更加粗壮柔软，不易折断，而且缠绕的方式也更加紧致复杂，简直近似于编法复杂的绳结，如果没有外人帮忙，单凭自己动手，只会越缠越紧。

费了好一番功夫，那人终于能站起身，他身上裹着一件皮夹克，下身是黑色紧身裤，长相可爱，人畜无害，眼睛偏圆，眼尾微微下垂，再加上后背那个墨绿色的双肩包，看起来就像个刚高考完的学生。

魏染打量了他一眼，发觉怪异之处，直截了当问："你夏天还穿这么厚，不热吗？"

那人蹲下身在地上乱摸一气，白皙侧颈上的黑痣分外惹眼，他找到一副银边半框眼镜戴上，接着转着圈儿掸掉身上的藤蔓枝叶，同时回答："我上网查了，听说草原上昼夜温差特别大，今天早上打算看日出，所以才多穿点。"

说着，他潇洒地晃晃脑袋，朝他们伸出手："自我介绍一下，我叫陈兵兵，一名立志走遍所有名山大川的三十岁自由旅行家。"

然而迟悬阙和魏染都没有回应他，迟悬阙转过身，去观察那个被藤蔓撑开眼皮的尸体。

一阵有些尴尬的沉默过后，魏染冲他礼貌一笑："知道了，先出去再说。"

"好的，好的，你们是我的救命恩人，我坚决服从一切指令。"陈兵兵一副浑不在意的样子，他自来熟凑到迟悬阙身边，跟着观察，"兄弟，你是钦察人吧，看你装扮就知道，真帅啊，哈哈。实不相瞒，我在这儿待了能有三四个小时，一直都在观察这位，他应该和我一样，都是被那藤蔓拖进来的，只不过他没我幸运，遇不到人救，只能被困在这里等死。说起来我能遇到你们可能跟我从小做善事有关系……"

"这个人不是被困死的。"迟悬阙突然说。

他用手示意石柱后侧，魏染看过去，那里是一丛藤蔓的末端根茎，颜色深红似血。

而顺着这条根茎往前，仿佛水墨画中的过渡，红色渐渐变浅，直至化为细细的一道线，深入到干枯破败的皮肤里。

如同被惊雷忽然击中，魏染脑中轰然作响，他明白了迟悬阙的意思，这个人不是被困死的，而是被藤蔓活活吸干的！

应景似的，脚边传来细微的响声，与此同时脚踝一紧。

魏染低头一看。

不知什么时候，一条粗壮的鹅颈藤已经悄悄爬上了他的小腿。

如果是换作以前，魏染绝对会尖叫出声。但也许是一路上经历了太多的怪事，他的承受阈值得到提高，当下的第一反应就是伸手去拽那根藤蔓。

然而，仿佛故意跟他作对似的，藤蔓不但没有被他拽开，反而随着他的动作，直接缠到了他的手上，并且顺着掌心，直接往小臂上蔓延过去。

与此同时，另一条藤蔓也攀到了魏染身上，"扑通"一声，直接将他拖倒在地。

这一切只发生在瞬息之间。

等迟悬阙看过来的时候，魏染已经被藤蔓束缚到了胸口处，其中一根稍细一些的藤蔓，更是直接对准了他的眼睛。

在陈兵兵一连声的"我去"中，魏染吓傻了，他本能地闭上眼睛。

面上闪过一阵很细微的风，却没有预期中的疼痛。

紧接着，浑身被束缚的感觉消失，迟悬阙带着愠怒的声音响起："魏染，你是哑巴吗？"

魏染睁开眼。

迟悬阙单膝跪在他眼前，俯着身子，一只手中掐着那根尖锐的藤蔓，另一只手握箭，将一条粗壮的藤蔓狠狠钉在地上，闪着寒光的金属箭头处，渗出一丝鲜红色的黏液。

藤蔓挣扎一瞬，便萎靡地不动了，魏染赶紧爬起来，对迟悬阙说："谢谢你啊迟悬阙——"

然而将将吐出这几个字，迟悬阙忽然抓起他，厉声说："小心！"

魏染被那股力道带得差点跌倒，他勉强站稳后回头，只见身后数条更加粗壮的藤蔓如同眼镜蛇一般高高扬起，一齐冲他们席卷而来。他被迟悬阙拉开，那两条藤蔓扑了空，但扑向陈兵兵的藤蔓却冲势不减，眼见着就要缠上他的身体。

这样近的距离很难躲避，千钧一发之际，只见迟悬阙伸手从背后取下乌木长弓，同时从箭筒中拔出三支箭尾雪白的金属箭，搭弓勾弦一气呵成，口中冲陈兵兵喝道："躲开！"

被喝声惊醒，陈兵兵反应过来，他躲闪不及就地一滚，藤蔓如同蝮蛇追逐而去，但这样的间隙对迟悬阙来说就已足够，挟着雷霆万钧之势，三支羽箭破空而去，将三条藤蔓直接钉在大厅另一侧的墙壁上。

然而下一秒，唰唰的声音响彻大厅。

似乎是被羽箭惊扰，所有的藤蔓一起疯狂舞动起来。

迟悬阙拽起魏染就跑，此起彼伏的绿色藤蔓有如浪潮在他们身后奔涌，几次都险险将他们淹没。

见势不妙，躲过一劫的陈兵兵连滚带爬地往他们这边跑，边跑边喊："去石墙那儿，那边有扇门！"

跑到石门前时，魏染发觉，陈兵兵说的没错，这面石墙上果然有一道类似于门缝的东西，但古怪的是，门缝不是竖着的，而是横着的，旁边有一个中空的圆环状装置。魏染莫名觉得迟悬阙的箭同那个中空的部位很契合，他刚想让迟悬阙试试，就看到迟悬阙毫不犹豫地单手从背后摸出一支箭，插了进去。

石块摩擦的声音兀然响起，横亘在石门中段的缝隙缓缓裂开。

门内黑黢黢的，陈兵兵一马当先地冲了进去，魏染同迟悬阙紧跟在后面。

这扇门比上一扇门窄些，合拢的速度也快，几乎是蹭着两人的衣角闭合，但也将藤蔓挡在外面。门合拢的瞬间，借着光亮，魏染看到几条速度极快的藤蔓也被石门夹住，抽动两下便萎靡下去。

四周漆黑寂静，有阴冷的风时不时地拂在面上，魏染情不自禁地抱住双臂，却忽然感觉肩头一暖。

一件柔软的、带着沉木香气的衣服搭在了他的肩上——是迟悬阙的外袍。

魏染向那侧摸，摸到一只坚硬结实的小臂，他轻声问："没事吧？"

迟悬阙简洁地"嗯"了一声，低声说："那个陈兵兵怎么没动静？"

魏染心头莫名一紧，与此同时，不远处突然传来一声凄厉的惨叫："救命啊——"

是陈兵兵的声音！

魏染心头狂跳，与此同时看清了周遭的一切。

大概二十步外，是一座高大的骑兵石雕，雕像后是深不见底的陡峭悬崖，只用一条险之又险的吊桥连接到对岸。

而发出惨叫的陈兵兵正以一种极其狼狈的姿态跪坐在地上，表情痛苦万分，在他身侧，一个高壮的人正按着陈兵兵的肩膀往下压。

这人面上戴着过鼻的遮脸面罩，身穿土褐色的衣裤，背着同色的背包，扎着黑色的皮带，脚边则堆着各种凌乱的小型机械设备。

看到对方如此传神的装扮，魏染心中隐约浮现出一个猜想，但他又不能十分肯定，毕竟，这个想法实在是太不可思议了。

他觉得这个人就像盗墓小说中描写的盗墓贼。

但无论如何，就凭对方此刻的所作所为，看起来就不像好人，但正当他要小声提醒迟悬阙的时候，对方却一把扯下了面罩。

看清那张脸后，魏染不可置信地睁大眼睛。

半晌，对方忽而一笑，满脸的横肉都聚集到面部中央，阴阳怪气道：

"哎哟,这世界还真是小啊,正义使者。"他垂眼去瞥魏染的相机包,"怎么着?今天也是来你李大虎爷爷这儿见义勇为?"

魏染深吸一口气,又缓缓地吐出来。

竟然是他在绿皮火车上遇见的那个霸座男。

还真是冤家路窄!

就在这时,自称李大虎的男人挑衅似的抬起脚,狠狠地踹在陈兵兵肩上。

陈兵兵又是一声惨叫,又惊又怕地控诉道:"你为啥打我,我又没有得罪你!"

李大虎怒道:"为啥?刚才你冲进来,踩了机关,害我差点被桥上的邪火烧死!别说打你,我把你推下去都是应该的!"

"啊?!"陈兵兵一愣,语气中充满不可置信,"怎么可能,你别乱冤枉人,我,我什么都没干啊!"

"你出去打听打听,你虎爷什么时候冤枉过人!"李大虎发出一声嗤笑,接着他转转眼珠,忽然拽住陈兵兵的领子就往悬崖边拖,"你来得正好,爷正愁没人试机关呢,你给我上去!"

"哎,你——"话说到一半,魏染突然噤声,因为迟悬阙突然按住了自己的手,很明显是让他不要轻举妄动。

如果按照魏染以往的性格,就算被阻止,也不会在乎旁人的意见,但如今经历了这么多事,他早在内心深处将迟悬阙当作了依靠,所以犹豫一瞬,他咽下了后续的话。

变故来得太突然,陈兵兵像兔子似的僵住了,在吊桥上呆了两秒,他才反应过来:"你,你干吗呀你!"

说话间,他手脚并用地起身,就要往回跑。

李大虎却像一堵墙似的站在桥头，不让他过："回来干什么？往前走啊，前面就是出口，你不想出去？"

陈兵兵过不来，脚下的吊桥也开始颤动，他急得声音都变了调："你这人怎么不讲理啊？这桥这么不结实，万一我走到一半断了呢！"

说着他焦急地四处逡巡，捕捉到不远处的魏染，发出求救讯号："染哥，救我啊染哥！"

看到李大虎这样蛮横无理，魏染到底没忍住，情急之下，他忽然想到李大虎之前对拍视频的忌惮，于是直接拿出手机，调出摄录功能。

"拍视频也没用。"看到他的动作，李大虎不但没收敛，反倒盛气凌人地说，"你能不能活着出去还不好说呢！"

这句话落地，魏染发觉，一侧的迟悬阙微微绷紧了身子。

紧接着，李大虎朝吊桥上的陈兵兵一抬下巴："看着吧。"

吊桥晃晃悠悠的，陈兵兵瑟缩在桥上，一副不知道此刻是什么状况的模样。魏染放眼看到另一侧桥头，同样寂静，并没有任何危险发生的迹象。

然而，短暂的安宁后，随着一声凄厉的惨叫，变故忽然发生。

陈兵兵突然抱住脑袋，开始哀号打滚。

一开始魏染没看明白这是怎么一回事，但紧接着他忽然看到，陈兵兵的头顶，竟然趴着一只通体乌黑透亮的大虫子。

那只虫子后背是一面平滑的黑壳，而黑壳边缘则探出密密麻麻的肢节，最前端的两只虫螯正抱着陈兵兵的额头，尖锐的口器已经刺破白皙的皮肤，看架势，能将陈兵兵的前额生生刺穿。

这幅画面简直太惊悚太恶心了，直接让魏染想到某次郑希为了吓唬他而在寝室夜谈中讲到的故事情节——

某天，地球被无数奇形怪状的外星虫子占领，它们控制人类的方式就是抱住人的脸颊，将锋利的口器从嘴唇刺入，直接搅烂整个大脑，从此这个人就是虫子的寄生体……

想到这里，魏染周身生寒，他对虫子这种生物怀有天然的恐惧感，但听着陈兵兵凄厉的惨叫，他没有多想，而是直接甩开迟悬阙。

即使是陌生人，他也不能眼见着对方死在自己面前！

然而，就在他冲到一半之际，耳侧忽然传来鸣镝破空之声。

他循着声音看去，仿佛电影慢动作一般，一支通体乌黑而箭头雪白的羽箭自身后而来，与他擦肩而过，直奔桥头而去。

下一秒，羽箭直接穿透黑虫。

那一瞬间仿佛画面静止，接着，黑虫颤颤巍巍地晃了晃，两只前螯依旧保持着环抱的姿势，掉入吊桥另一侧的悬崖。

陈兵兵跪坐在地上，抱着头不动了。

四周陷入诡异的沉默。

少顷，陈兵兵抬起头，顶着头顶的一个圆圆的小血点，带着哭腔说："这都是什么事儿啊……我最害怕虫子了……太疼了……"

魏染刚松了口气，却忽然察觉陈兵兵身后的吊桥有异样，他定睛一看，吊桥底部源源不断地有比刚才更大的黑虫向上攀爬，直朝陈兵兵而去。

魏染当机立断冲陈兵兵大喊："快回来！你身后全是虫子！"

人在极端困境中往往会展现出惊人的爆发力，陈兵兵听了，二话不说直接蹦起来，直冲桥头而去，而在第一只黑虫出现时，李大虎早就自动拉远了距离，因此陈兵兵顺利地两三步上了岸。

而在陈兵兵离开吊桥的一瞬间，吊桥竟然开始"咔咔咔"地翻转，无数跟着陈兵兵往岸上爬的黑虫噼里啪啦地掉下悬崖。

回到安全地带，陈兵兵哭哭啼啼地跑到魏染身边，满是泪痕的镜片后，一双通红的眼睛盯着李大虎，敢怒不敢言。

"看见了吧，这桥上到处都是机关，想过去根本不可能。"李大虎拿眼觑着魏染，阴森一笑，"你不是想拍我吗？来啊，随便你拍，爷正好缺个人拍写真呢。"

就在这时，迟悬阙忽然淡淡出声："可以过去。"

魏染这才发觉，不知什么时候，迟悬阙已经站在了桥头的骑兵像前。

闻言，李大虎笑容一滞："……你说什么？"

迟悬阙淡定重复："我有办法安全通过。"

"你有办法，什么办法？"或许是刚才见识到迟悬阙的箭术，李大虎的语气带着怀疑，还有几分忌惮，"你是不是故意玩老子？"

迟悬阙没再回答，而是示意魏染到自己身边，魏染快步走过去，只见骑兵像的马蹄前端，刻着一串复杂的古钦察语文字，中间是个圆形凹槽。

"这是……"

迟悬阙从身后箭筒中抽出一支箭，用箭尖轻轻挑破食指皮肤，鲜红的血缓缓滴落，逐渐填满凹槽。

"咔嚓——"

原本横亘在悬崖间的吊桥忽然掉落。

见到这一幕，李大虎瞪圆眼睛，不可自抑地发出怒吼。

"你竟然把唯一的路都弄没了？！"说着，他的手飞快探入后腰。

魏染见到这一幕，心中顿生警惕，他上前一步，挡住迟悬阙的后心。

但就在这时，悬崖处忽然传来机关刮擦的声响。

下一秒，随着漫天的土黄色尘沙，一条笔直宽阔的石桥自悬崖底部缓缓浮现、抬升。

直通对岸。

08

或许是为了保留底牌，迟悬阙没有解释石桥出现的原因，经此一役，李大虎略微收敛了之前嚣张的态度，反复试探询问不得后，同迟悬阙说话时也带了点客气，但魏染仍记得他之前伸手向后的动作，过桥的时候特别留了心，去看李大虎后腰带，那里挂着个鼓鼓囊囊的皮制口袋。

魏染若有所感，心中时刻提防着李大虎突然暴起伤人，而陈兵兵更是被吓破了胆子一般，通红着眼圈，不离魏染左右。

对岸只有一个粗糙宽阔的拱门，距拱门内两三米处，凹陷进去一扇砖石结构的大门，大门上是两个金黄色的把手。

李大虎举着照明范围极广的狼牙手电照过去，门内的一切完完整整地呈现在众人眼前。

门内是一个四四方方的房间，手电光芒所到之处一片金碧辉煌，只见无数大大小小的黄金制品堆积在地上，就像是被人随手扔在那里似的，而除此之外，房间四壁布满天然坑洞，坑洞内皆是样式各异的瓶瓶罐罐，在手电冷光的映衬下，分外晶莹剔透。

李大虎举着手电冲了进去，从地上捡起一个黄金瓶子仔细打量，而陈兵兵恰好走在他后面，他微微侧脸，朝魏染怯怯出声："这是……藏宝洞吗？"

魏染想要回答，却被李大虎的狂笑声打断。

看着李大虎欣喜若狂的模样，魏染忽然产生一种强烈的直觉，他和迟悬阙，还有这个胆小的陈兵兵，已经成为对方手中的待宰羔羊。

毕竟，面对这么多宝物，这个心狠手辣的盗墓贼不可能轻易放任他们离开。

借着微弱的光线，魏染回身去找迟悬阙，然而迟悬阙却没有与他对视，目光停在陈兵兵露出的半边侧颈上。

见迟悬阙走神，魏染直接向后伸出手，默不作声地碰了下迟悬阙。

皮肤贴着皮肤，小指指腹传来温热的压迫感，是迟悬阙的回应。

就在这时，毫不客气的命令声响起："都给我进来！"

看着李大虎和他毫无顾忌亮出的手枪，魏染的心直往下沉，知道这回是凶多吉少了。

到了这时，这个凶恶的盗墓贼不再掩藏自己的真实意图，漆黑的枪管轮流对准三个人，他说："谁再磨蹭，我就毙了谁！"

魏染也说不清变故是怎么发生的，但就在那一瞬间，各方同时开始行动。

迟悬阙揽住魏染的肩膀朝旁边一带。

而在同一时刻陈兵兵的反应出奇敏捷，他就地一滚，直接跌倒在金器堆里。

李大虎看到他们如此不配合，发出一声愤怒的咆哮，扭曲着脸，抬枪对准迟悬阙。

魏染几乎能想象得到迟悬阙被子弹穿胸而过的画面，心脏收缩到极致，他飞身扑在迟悬阙身上。

预期的疼痛却没有来临，反而，令人胆寒的咯咯声突然响起。

魏染侧过头，忽明忽灭的手电筒光线中，一个膨胀而扭曲的黑影落在房间内的墙壁上。

黑影浑身上下毛茸茸的，就像是刚学会直立行走的猿人，屈腿弓腰，伸得极长的手臂末端，五根弯曲虬结的爪子交握，指缝间，露出早已看不出本来形状的黑色金属。

下一秒魏染意识到，那个咯咯声不是别的，而是人类骨骼膨胀摩擦时所发出的声响。

原本李大虎站立的位置，如今站着一个浑身长着金黄色长毛的怪物。

金毛怪物发出意味不明的嚎叫，张开另一只爪子，向下一捞，将缩成一团的陈兵兵直接拽出金器堆。

但陈兵兵此刻也已经不是陈兵兵——他变成了一个有着金黄色皮肤的、皱巴巴的小婴儿。

小婴儿戴着一副裂痕蜿蜒的眼镜，张开沟壑遍布的金唇，厉声号哭起来。

怪物抓住婴儿陈兵兵的脖颈摇了摇，然后一口咬掉了他的头。

金黄色的血液从断裂的脖颈间喷薄而出，打湿了长而卷曲的毛发，婴儿金黄色的小臂却还能动，直接攥住了金毛怪物的眼球，用力一扯。

人的承受能力有个阈值，一旦超过，那任何事情都会见怪不怪。见到如此荒诞离奇的一幕，魏染的第一反应不是害怕，而是保护迟悬阙。

应该和迟悬阙离开这里的，但或许是真的害怕到了极致，稀里糊涂地,他以一种保护的姿态护住迟悬阙。

"不要害怕,"感受到对方的僵硬,他笨拙地小声安慰,"我会保护你。"

"魏染。"

也许迟悬阙真的很害怕眼前的一切,他的声音很小很遥远,不停重复魏染的名字,但那种重复又像是声音撞上空谷时的回声,"魏染,魏染,魏染……"

魏染一向都是不耐烦的人,如今却很有耐心地一一答应:"我在……"

这一刻魏染心若澄镜,认为迟悬阙这样叫他,是因为缺乏安全感,而这种安全感的缺失,正是因为自己。

是他当年抛弃了迟悬阙,所以这个一向骄傲的钦察少年才会变得沉默寡言,患得患失。

于是魏染急忙补救似的又开口道歉:"迟悬阙,对不起,是我误会了你,我知道你没有作弊,是别人偷偷给你下药。后来我把这件事情查清楚了,那个下药的人也被学校处理了,我想告诉你真相,但郑希却告诉我,你转专业了……

"我不敢去找你……对不起,是我的错……"

迟悬阙一言不发,魏染便很着急地抬头去看,模模糊糊地,看不到迟悬阙的表情,他踮起脚尖,整张脸向上凑,想要看看迟悬阙究竟有没有原谅自己的意思。

一张温暖的、带着薄茧的手挡住了他。

魏染的脸被轻轻挡着,脑海中出现一瞬间的空白,然后想起来自己要说的话。

"迟悬阙,你能不能原谅我?"

没等回答,他想了想,又贪心地进一步要求:"我们可不可以重新当好朋友?"

但魏染也知道,这样的要求有点过分了,毕竟他误会迟悬阙那么久。所以他又小心翼翼地补充:"如果不行的话也没关系,只要你给我机会,不要不理我就好了,我每个月,不,每星期都来找你……"

忽然,耳垂传来刺痛。

周身火热的血液瞬间冷却下去,魏染眨眨眼,发觉眼前并没有什么黄金和怪物,只有手机背灯发出的幽幽的光,照映出他们所在的狭小空间。

"醒了?"迟悬阙低声问,"感觉怎么样,有没有哪里不舒服?"

魏染蒙蒙地要点头,但突然意识到迟悬阙可能看不到自己的动作,于是轻轻地"嗯"了一声,问:"我这是怎么了?"

迟悬阙顿了顿,开始向他解释。

魏染逐渐明白过来。

原来,李大虎打开那扇门后,除了迟悬阙外,所有人都陷入了幻觉。李大虎先是抓住陈兵兵痛殴几拳,陈兵兵找到空隙逃脱后,李大虎就在胡言乱语中突然自戕。

迟悬阙见情况不好,发现黄金屋后方有一扇角门,便趁乱带着魏染离开,进入了这个黑暗狭小的房间。

听完,魏染有点尴尬,他还记得在幻觉中,自己曾蛮横无理地要求迟悬阙同自己和好,甚至略带威胁地扬言要一直缠着迟悬阙。

但此刻他也不好去追问那些话只是在他的幻觉中存在,还是直接说了出来，毕竟相比于眼前的困境，这些显得很无关紧要。

那些幻觉并不是毫无作用，它让魏染发觉，重提旧事远没有自己想象的那么困难。

但不在那个情境下，再去说起三年前的事似乎有些奇怪。

他想，那么，就等出去之后再好好同迟悬阙道歉，再努力和好吧。

与之前那个放满奢侈器物的房间不同，这间房四壁空荡无物，只有中间有个高度与人身高相当的长方形物体，看上去像是一具棺椁。

一路走来，魏染早有心理准备，他双手合十，认真朝棺椁拜了拜："非常抱歉打扰您休息，我们也是被逼无奈才来您的卧室，您大人有大量，就当我们是两个小虫子……"

也许是因为魏染的语气和态度太过谦卑，和他之前那副傲娇的样子区别太大，迟悬阙在他旁边低低地笑了一声。

下定了同迟悬阙化解误会的决心，如同卸了最难解的心事，魏染变得轻松，脾气也立刻长了回来。他瞪了迟悬阙一眼："我们打扰了人家的清静，要注意你的态度呀。"

迟悬阙似乎心情很好，他少见地没有和魏染斗嘴，而是配合点头，也双手合十拜了拜，待魏染表情缓和后，他才说："这具棺椁中没有人。"

听到这话，魏染很惊讶——难道迟悬阙有透视眼一类的超能力？扪心自问，他已经见了这么多离奇的事，此刻如果迟悬阙说自己有超能力，他似乎……也能接受？

"你想到哪儿去了。"看到魏染飞速变换的表情，迟悬阙知道魏染想歪了，他带着点无奈，走到棺椁一侧。

魏染跟过去看，那里刻着密密麻麻的古钦察文字。

"上面写的是墓主人巩昌候尉迟源的生平。"指尖划过线条的刻痕，迟悬阙轻声说，"上面说，这是一座衣冠冢。"

"尉迟源？"魏染重复，他似乎在哪里听说过这个姓氏，然后他想起来，迟悬阙的"迟"姓，就是由这个复姓简化而来的，"难道他是你的……"

"不知道。"迟悬阙回答，"但刚才吊桥旁边的骑兵像上写着，只有尉迟家的血滴入凹槽，才能打开通往彼岸的生路。"

魏染知道迟悬阙声音好听，但他第一次发现，这样低沉醇厚的音色十分适合讲故事。

迟悬阙在骑兵像上读到过巩昌侯的生平，棺椁上的故事则与石像上篆刻的内容完全不同，但它们又的的确确是对同一个人的描述。

而区别就在于，雕像上的内容是在说一位谥号为巩昌候的权贵，而棺椁上的文字，却勾勒出草原少年尉迟源悲哀的一生。

尉迟源性格奔放，热爱自由，从很小的时候，他就游历各地，惩恶扬善，结交了不少好友，十分快活。

但好景不长，族内巫祝占卜出尉迟源是旺族兴国的命格，自那时起，他便被大汗强制安排在军中历练。志在天下的大汗对尉迟源抱有很高的期待，而尉迟源也确实很擅长带兵，此后连续十年各处征战不休，替大汗打下大胤江山。

他本已慢慢接受这种生活，可就在此时，巫祝却又向大汗进言，说尉迟源命格特殊，如果寿终正寝后埋入龙脉绵长之地，可保大胤朝永不败落。

听到这件事，尉迟源终于再也无法忍受连死后都要任人摆布，于是连夜带心腹下属纵马离开草原，当着下属的面跳下悬崖，并留下遗言，让下属买通修建陵墓的工匠，损毁陵墓。

工匠家人的性命被握在皇室手中，不敢照办，但又受过尉迟源的恩惠，便想到了折中的办法，就是在棺椁处修了个机关。如果有人无意间闯入，想要离开这里，可以扳下机关，这样地宫便会被损毁，自然能逃出生天……

听完，魏染看向棺椁中央，果然看到个滚轮装置。但他很快想到另一个问题："如果我们按下这个机关，来不及逃出去怎么办？"

迟悬阙却没有回答，而是突然看向魏染身后。

他冷声说："出来。"

汗毛忽然立起，魏染僵住身子，听到身后突然传来极轻极细的脚步声。

"哈哈。"

陈兵兵的声音响起："迟悬阙，你可以啊。"

魏染回身，看到墙角的黑暗中，那个一向以胆小面目示人的陈兵兵踱步而出，雪白颈间有触目惊心的血丝淌下，似乎受了伤。

迟悬阙面色不变，甚至没有任何动作，只是看着对方："过奖，不过这句话我倒是想还给你——你可以啊，陈疏木。"

魏染大吃一惊。

陈疏木——就是当年为了和迟悬阙争夺省箭术队名额，往迟悬阙水中下药的那个人！

幽幽暗暗的灯光下，陈兵兵的半边脸都隐没在黑暗中，露出的眉毛浓黑，唇色却是因过度亢奋而微微发红。

魏染对陈疏木印象很深刻，毕竟发现误会迟悬阙后，他去调查了事情的来龙去脉，自然记得陈疏木的样子。

然而他反复对比，也没办法把那个身形同迟悬阙差不多的校队弓箭手同眼前这个白皙瘦弱到有些病态的少年联系到一起。

可他又很了解迟悬阙，知道迟悬阙从来不说没有把握的话。

魏染想到之前上学时学过的一个名词——"断崖式衰老"，说的就是人如果遭逢巨大变故，在心境影响下，容貌就会发生巨大变化。

兴许是见到魏染有些疑惑的表情，陈兵兵得意地笑了，他走得更近了一点，身子浑不在意地靠在棺椁上，懒洋洋地说："魏染，三年过去了，你那个愚蠢的脑子还是没有一点进步，在这方面迟悬阙就比你强多了。枉费我一直小心翼翼地提防你发现。"

说着，他睨了一眼迟悬阙："说说，怎么认出我的？"

迟悬阙淡淡地扫了一眼他的侧颈，收回目光。

陈疏木挑眉，接着不以为意地笑："好吧，到了现在，我也懒得再装了——没错，我就是陈疏木，当年被魏染逼到被学校开除的倒霉蛋。"

震惊归震惊，魏染的脑子还是清醒的，他立刻反驳道："明明是你手段龌龊，偷偷给迟悬阙下药害他落选，学校处理你是你活该！"

"是吗？"陈疏木又是一笑，他的指尖在棺椁上游走，发出"笃、笃"的轻响，"可我从小练箭，付出了那么多，省队的名额偏偏只有一个，我也没办法呀。"

魏染觉得他的脑回路简直不可理喻："那你就好好练箭，在赛场上光明正大地证明自己啊！"

"这就是富家少爷的解决办法么？果然天真啊。"陈疏木的笑意更深，"那如果再加上一点背景——你家很穷，父母一直省吃俭用供你练箭，而且你还有个一旦失败就对你拳脚相加，甚至把你鼻梁打断送进医院的生父，那你也可以在这么关键的时候，说出'光明正大'这四个字吗？"

陈疏木的话中信息含量有点大，魏染一时有些哑然，不是他陷入了陈疏木的逻辑中，而是于情于理，在这种境况下不应当再刺激对方。

陈疏木转向迟悬阙。

没有像面对魏染一样出言挑衅，他沉默着与迟悬阙对视，仔细打量这个成为他一生梦魇的天才弓箭手。

迟悬阙率先开口："你是跟着我们进来的？"

"没错。"陈疏木痛快承认，"告诉你们也无妨，被学校开除之后，我被我父亲打了个半死，索性直接离开家，到西边找了个古玩店当店员。但我没想到，那老板表面卖古董，实际上是个盗墓的，顺便说一句，他就是李大虎。"

说到这里，他停顿一下，满意地看到魏染神情微震。

"你也在我那趟绿皮车上。"魏染明白了，"之前你们在吊桥上演的那一段都是装的。"

"对，当时在火车上看到你，我差点乐疯了，我还故意撞了你一下，你没发现吧？真是蠢透了。"说起这件事，陈疏木咯咯笑出声，"魏染，你说这是不是缘分，咱们之前有那么一段孽缘，三年之后又再遇上，真是天意啊……所以我当时就在心里发誓，不管用什么手段，我一定要报仇。本来我是要想办法引你们到这里的，没想到你们直接自投罗网，真笨哈哈哈哈哈哈。"

魏染用眼角的余光瞥见，陈疏木的手搭在了滚轮上。

他的心脏瞬间提了起来。

就在这个时候，迟悬阙忽然说："报仇可以，但你找错对象了，让你变成这样的不是魏染，是我。"

"少放没有用的屁！"陈疏木握住扳手，愤怒地喊，"你们两个狼狈为奸，谁也逃不了！"

然而下一秒，就像精神分裂一样，他的态度突然缓和下来，他笑眯眯道："抱歉，抱歉，我刚才太激动了。咱们回归正题，迟悬阙刚才那句话让我很受启发，这样吧，我来按这个滚轮，咱们把一切交给老天爷怎么样？谁占理，谁就能活。"

"我建议你最好不要轻举妄动。"迟悬阙镇定回答，"如果这里塌陷，你也会死。"

"那又有什么关系呢？反正我的人生早就已经烂透了。"陈疏木歪了歪头，这个动作让他显得有点俏皮。

他放缓声音，几乎是有些愉悦地宣布："能拉着你们一起下地狱，我还多赚了一个呢。"

最后一个字音落下时，四周忽而猛烈晃动，房顶大块裂开，从宽阔的缝隙中，扑扑簌簌地往下掉落灰尘。

而在谁都没注意到的上方视野盲区，一块碎石颤颤巍巍地晃了晃，急速下落。

一开始魏染没感觉到疼，直到有温热的液体顺着脖颈缓缓淌下。

他伸手去摸，后脑勺湿热黏腻，手收回来时，他看到上面是深红色的液体。

心脏像是被挖出一个空洞，在陈疏木的放声大笑中，魏染跟跟跄跄地朝迟悬阙走了一步，又一步，然后跪倒。

他想自己是要去迟悬阙身边的，要同他一起走出这里，要好好向迟悬阙道歉，要重新当彼此最重要的朋友。

但很快，他连支撑身体的力量都失去了，眼前变得模糊，进而满是黑色边缘的噪点，耳中血流不断轰鸣，将一切声音都推向远处。

在最后一丝清醒的瞬间，他的身体一轻，陷入温暖之中。

迟悬阙。

是你吗？

如果是你的话——

土腥气与青草的气息交织萦绕在鼻端，魏染用尽最后一丝力气张开口。

"对不起……"

如果这是我最后一次同你讲话，那么——

"对不起迟悬阙……"他喃喃地说，"我不该怀疑你的……对不起……"

一定要接受我迟来的道歉啊。

【尾声·第三年春】

"染染，回国了吧？这回复查医生怎么说？头上的伤恢复得怎么样？"

五秒后。

"怎么一回来就去草原采风啊，别累着了，按照你哥那种弟控程度，是要骂死我的。"

七秒后。

"等等，这样想的话，魏大金主不会撤投资吧，啊啊啊啊啊不要啊我的事业！"

读完消息，魏染撇撇嘴，自从和郑希合开摄影工作室后，对方总是这样，絮絮叨叨的，就像是把他当作生活不能自理的小宝宝。

手机屏幕还在不断亮起，魏染却不着急回复，而是在空姐温柔的提醒下关闭手机，戴上眼罩。

因此他没有看到最后那条消息。

"染啊，因为你受伤，有件事你哥明令禁止我跟你讲，但既然你都去草原了，我还是觉得应该告诉你，方便的时候给我回电话。"

因为备足了现金，下飞机后魏染也懒得开机，出了机场，他招手叫了出租车，直奔额尔雅市郊。

司机看出他是外地人，便熟门熟路地把他送到了一处草原特色客栈前，魏染付钱下车，迎面碰上一个身穿钦察民族服饰的女人。

那女人见了他，先是一愣，接着有点激动地打招呼："魏先生？"

魏染打量她，不明白为什么这个女人知道自己的姓氏，但还是很礼貌地点头："你好。"

女人激动地把他迎进客栈的前台小屋，办理登记入住，同时和他攀谈："您上次莫名其妙消失了，我还有点担心呢，现在看您没事真是太好了。我女儿还总念叨您呢。"

越听越离谱，魏染忍不住打断她："不好意思，你可能认错人了，我从没来过这里。"

女人诧异地看他，怔在原地。

魏染不走心地一笑，接过帐篷挂扣的钥匙和洗漱间门卡，转身出门。

　　身边的人都宠他，让他的性格有些骄纵，而且自从受伤失忆后，总是会有陌生人突然冒出来说认识他。

　　一开始他还认真求证，但他很快发现，大部分人都是拿认识他当作借口，实际是看他相貌好看故意搭讪，逐渐地，他就懒得搭理这类人。

　　门外彩旗猎猎，迎风招展，不时有人骑着高大的骏马飞驰而过，奔向远处一望无垠的草原。

　　魏染看得眼热，读客栈外的指示牌，发现最近的马场离这里很近，于是他将行李放在帐篷里，按照路边的指示牌，朝马场走去。

　　然而没等他走出十步，身后忽然响起如同雷声轰鸣般的马蹄声，仿佛只是一眨眼的工夫，那马就已经紧贴在魏染身后。

　　魏染直觉不好，他知道自己应该躲开，但因为脑部受过重创，他的反应一直说不上快，偶尔还会有点迟钝。

　　于是他就那么呆立在原地，唯一的动作是抬起双手紧紧捂住脑袋。

　　下一秒，一阵弥漫着青草气息的劲风从他身侧吹过。

　　有人骑着马停在他身前。

完

袁峰站在原地静默看他，少年眼珠如乌玉，笑容明艳耀眼，在黔东南的山水中自成景色，他夺走了许多人的目光，但自己似乎并未察觉那份招惹。

「上谒」

Shangye

文 / 扇葵

写心动故事，哄你睡觉。

虔诚偏执迷途追凶者 **袁峰** × 奇幻纯真千年树灵 **青鸟**

上谒

Shangye

文 / 扇葵

01

　　侗寨鼓楼，上建宝顶，下设火塘，中间楼身为多重宝塔形层层叠起，四转八方。

　　侗族人家古训——"先立鼓楼，后起民房立寨。"他们聚族而居，每座鼓楼下都聚集着一个氏族，鼓楼即他们平日休闲、议事、迎宾、举行祭祀等活动的场所。

　　初春，天气微寒。

　　黔东南，青山环抱的侗寨里干栏式吊脚楼依山而建，鳞次栉比，河水穿寨缓缓而过，空灵鸟鸣自远山来。

　　街上清净，行人稀落。

　　一个背着登山包的男人沉默地走进鼓楼下，在木质长凳上坐了下来。

　　他穿着一身蓝灰色冲锋衣，手上握着一根登山杖，四十来岁的模样，身材高大，皮肤黝黑，像是常在外奔波的背包客。

　　他的眼角已经有细细的纹路，深眼窝里的那双眼，一片沉寂。

但不难看出，他年轻时应该是极英俊的，即便是现在，也仍不经意招惹了一两道视线。

"请问需要向导吗？"穿着峒族服饰的美丽姑娘主动走到他面前，明眸带笑。

三月的风微带寒意，吹过鼓楼下，男人抬起头，眼中没有丝毫波澜，漠然地说："不用。"

姑娘仍未放弃，说："您是第一次来峒寨吗？附近有很多小众的观景地，只有本地人知道。"

峒寨长街干净整洁，卖香包的阿婆坐在街边，低着头一针一线缝着，岁月从她花白的鬓角静静流过。

袁峰抬起头，目光落在鼓楼古老坚挺的冲天柱上，那里被风雨刻下斑驳裂痕。

"我很久以前就来过这里。"他声音沙哑生涩，像是许久没有开口说过话。

姑娘问："什么时候？"

袁峰说："二十三年前。"

已经二十三年，这里变了很多，林立的商铺和络绎不绝的游人为这座古老的峒寨添上几分热闹，但更改了峒族人家本来的生活模样。

姑娘疑惑道："二十三年前？这里还不是景区吧？"

袁峰没回应，默不作声地仰着头，目光穿过鼓楼古老的飞檐，似乎在望向远方大山，又像是在走神。

峒家姑娘觉得这人很怪，整个人像是没有魂儿似的，他的眼睛和躯体是空的。

再看他的模样：风尘仆仆，背包里鼓囊囊的，几乎涨开，比起一般背包客都要夸张，那背包上甚至绑着睡袋与两只靴子。

等了一会儿，他还不理人，峒家姑娘便不再打扰了，预备离去。

"我二十三年前就是坐在这里。"男人忽然开口。

峒家姑娘驻足望向男人粗糙黝黑的面容。

"他走到我面前，问我……"他声音生涩，仿佛经年陈旧的破磁带的声音，低而嘶哑，"你要向导吗？"

峒家姑娘挑起细细的眉，问道："他是谁？"

"他是神明。"

男人的声音轻轻落地，被黔东南三月的春风扬起，擦过青灰砖的路面，晃动吊脚楼上绣花姑娘头上的流苏银钗，扑进清晨鸟鸣空灵的原始大山，消失无踪。

"喂，你要向导吗？"

走进青山围绕的峒寨，立刻就能被那瑰丽雄伟的鼓楼吸引目光，它被密集的吊脚楼拥簇环绕，形成"诸山来朝，势若星拱"的姿态。

寨子里的路崎岖狭窄，袁峰把车停在外面，一个人走进了这座古老闭塞的峒寨。

那是个夏天，大山寂静，流水泠泠。

他一个人走进这座古老的寨子，立刻吸引了寨中人的目光。

那时的寨里泉水穿寨而过，峒族人家洗菜、洗碗，都是直接在泉边。

依山而建、高低错落的吊脚楼间由在山石上砍凿出的逼仄小路上下相连。

傍晚时分，袁峰独自静默地走在鲜少有外人踏足的村寨，步履沉重，满身戾气。

肩挑着青菜与锄头经过的寨民警惕地盯着他看，他目不斜视，径自与寨民擦肩而过。

清澈的泉水中新摘的菜叶零碎漂浮，胸前银饰叮当碰撞，泉水边洗菜洗碗的人说着外人听不懂的语言。

泉边戏台前，鼓楼下，七八十岁的老人们坐着乘凉，孩童们嬉戏玩耍的动作也停住，一道道目光落在他的身上。

他径直向着人群走去，走到鼓楼下，拿出一张照片。

他把照片一一给寨民们看，不动声色地问："见过这个人吗？"

那些人听不懂他的话，面面相觑，有年轻人翻译了一遍，寨民们再次看向那张照片，又茫然摇头。

日落了，泉水边的人们渐渐散去，鼓楼也空了。

寨里冒起炊烟，偶有模糊人声传来，除此之外，只余清越虫鸣。

年轻人独坐在鼓楼下的木头长凳上，面对着空荡的高高戏台，手上捏着那张照片。

暮色渐渐吞噬了他英俊的眉眼，眼底浓黑的戾气融进了黔东南夜里浮起的水汽，他盯着手上那张照片，一动不动。

那是一个男人的照片，也是二十出头的年纪，身量很高，却极瘦，如骷髅一样，脸长而蜡黄，眼睛不正常地凸起。

他抬眼看向斜上方的监控，黔东南的夜渐渐扭曲了那张脸，眼中变得诡异、邪狞。

他已经跑了很远的路，身心俱疲，大山里薄薄水汽侵上他的手背，他靠着鼓楼的柱子稍稍闭眼。

这时，他听到一阵脚步声向他靠近。

他缓缓睁眼，在深蓝暮色里，看到了一个少年。

那少年十七八岁的年纪，身穿一身朴素的峒寨服饰，一张脸白皙稚嫩，五官精致艳丽，晶亮狡黠的眼珠如青山绿水间坠入的黑白棋子，在这样神秘古老的村寨中出现，仿佛黔东南的灵气凝出了实质。

累到发木的大脑一时未做出反应，他的头倚靠在柱子上，呆呆望着那美艳得不似真人的少年。

"喂——"那少年站在他面前，微微欠身打量他，用生涩的普通话问道，"你要向导吗？"

袁峰没吭声。

"你想去哪里，我都可以给你带路，半个月，"少年伸出三根细白的手指头，"我只要三头黑猪和三十斤糍粑。"

袁峰动了动，敛眸收起手上的照片，默不作声地起身向寨子深处走。

这里虽然家家户户都点着灯，但灯光照不到路上，路旁砌起一米多高的石墙，一块块墓碑影影绰绰矗立。

那是峒族人先辈的墓碑，都是清朝时的古墓，峒族人将坟墓放在寨子里，未曾挪动，也不避讳。

袁峰脚步不停，穿过寨中小路，身后跟随着一个轻快的脚步声。

"我只要两头黑猪，二十斤糍粑。"那峒家少年说，"你想去哪里？我带你去。"

袁峰像是聋了，目光一寸寸看过这个寨子的每一处角落。

"一头黑猪，二十斤糍粑，我给你做十天向导。"少年灵动好听的声音在他身后响起，微微紧绷，像是下了很大决心。

月光洒落大山深处，层叠错落的峒寨灯光渐熄，世界寂寥无声。

袁峰忽地停步，低头沉默片刻，转身沿原路返回。

他与那半夜不回家的少年擦肩而过，少年又执着地追了上来。

他一路尾随着袁峰，在他身后两三步的地方，脚步轻快，听起来无忧无虑。

这样一路出了寨口，袁峰走出十几步，忽地驻足，侧身看回去。

那少年没再跟上来，站在寨口，遥遥望着他。

月华轻柔洒落黔东南，迸出的灵气被一草一木吸纳，也沐浴着那艳丽的少年。

十余步距离，其实什么都看不太清，不知为什么，袁峰那一刻没有选择立刻走，就那么隔着月光望着那个与他一样未眠的人。

"一头黑猪，十斤糍粑。"他听到那少年遥遥喊道，"再少，我就不干了。"

袁峰沉默许久，淡淡开口道："成交。"

他声音不大，可那少年好像听清了，迈步出了古朴的寨门。

山路向下延伸，两人距离十余步，少年步步向他走来，那时他不知道，那是神明在降临。

车上很满，后座堆着食物、水和乱七八糟的杂物，这些是他一路生活的根本。他打开车门，少年先他一步上了车，安安稳稳坐上了副驾位。

袁峰没说什么，降下车窗，点了根烟。

烟雾颗粒被水汽包裹，一起吸进肺里，带起窒息的疼。

少年进车里后，就好奇地东瞧西望，伸手拨弄他车上挂的葫芦吊饰，声音澄澈活泼又精明热情："老板想要去哪里？看山看水还是看寨子？进大山价钱另算。"

袁峰没说话。

少年扭头看他，笑盈盈说："老板，我叫青鸟。"

一根烟剩下半截，袁峰急促地深吸了几口，眨眼就短得剩下个烟头，他把烟雾尽数吞进喉咙，从口袋里拿出那张照片，递向那峒族少年。

青鸟接过，低头看。

"我要找到他。"袁峰闷闷咳嗽了几声，道，"他逃进了这片大山，我翻了好几个寨子，没有他的踪迹。"

青鸟看了一会儿，把照片还给他，双手撑在身侧，好奇地问："他做了什么？为什么要逃？"

袁峰闭上眼睛，瓮声说："他杀了人。"

02

这是一个早晨，流淌的河水对面的扎染铺子晒着青花瓷般精美纹路的布料，随风轻轻飘动。

袁峰沉默着走在石板路上，身后跟着那位活泼的峒族姑娘。

二十三年前，她还没出生。

她对这位神秘的旅者感到好奇，信步跟随，头上明亮的银饰随着走动发出清脆悦耳的轻响。

走到一处，袁峰微微停步。

她顺着男人的目光看过去，那是一家售卖油茶的店铺。

她看着男人进了店铺，买了箱装的油茶礼盒。

"你喜欢油茶吗？"她坐在桥边栏杆上，百无聊赖地晃着腿等他出来，这样问道。

袁峰没吭声，继续往前。

再往前，是一家肉干铺子。

走过那条街，他的手上已经满满都是食品，各式各样都有，唯一共同点就是，短时间不容易腐坏。

走到一个阴凉处，他不怎么讲究地直接坐在吊脚楼下，打开了自己的背包。

他的背包太满了，拉链拉开的瞬间东西都涌了出来。

姑娘站在他身旁，看着他把里边的衣物、日用品拿出来，空出小半个包的空间，沉默地把那些食品一件一件往里面塞，姑娘往里看，那里头，好像本来就有不少吃的。

"这些店铺都可以邮寄的。"峒家姑娘好心提醒，"你不用都带上。"

"有些地方，收不到快递。"

他忽然开口，姑娘一时以为自己听错了。

"现在全国各地都可以邮寄的，哪里收不到？"蹲在地上，她好奇地问，"你买这么多吃得完吗？"

"他……爱吃。"男人沉闷地说。

黔东南三月初，天气虽寒冷但也有摄氏十几度，男人把拿出的棉服穿在身上，剩下的杂物硬塞了些进包里，剩下塞不进去的，他塞进了两侧坠着的靴子里。

"爱吃零食吗？"姑娘问。

"什么都爱吃。"袁峰说。

黔东南有诸多村寨，南巫住山头，峒族住水头，故峒寨一般是建在山脚下。

山路崎岖，不好开车，他这一路颠簸，车已经被刮得狼狈不堪。

他靠在车里短暂休息，被身旁一阵窸窸窣窣的声音吵醒。

这是袁峰带着这个峒家少年找人的第二天，这个当地人很有用，替他带路，找到了一些自己漏过的村寨，虽然都没什么收获。

中午下起了雨，路不好走，他把车停在树下，过度的疲劳让他心脏负荷太大，不祥地突突跳着。

睁开眼，发现那个少年偷偷打开了一袋压缩饼干，正往嘴里塞。

这东西难吃，本来是压在他背包的最底下，不知怎么被翻出来的，他想不出谁会喜欢吃它，而且是在吃了午饭的情况下。

他没吭声，靠着座椅安静地看着那少年。

他也知道自己在偷吃，动作很小心，小心咬下一块，享受地眯眯眼睛，仔细咀嚼咽下，又再去咬。

车外雨声簌簌，车窗也蒙上了一层朦胧雨雾，原始苍翠的绿沁入眼底，仿佛世界就这么大。

那少年终于发现袁峰醒了，看向他时有些微心虚，伸手，慢慢把压缩饼干递向他，表情有些不甘愿。

袁峰摇摇头，趴在方向盘上，疲倦地说："那东西干，喝点水。"

车里安静了一下，接着，他又听到"咔嚓咔嚓"的咀嚼声，这次清晰明快许多。

"老板。"青乌声音轻快，边吃边问，"那个人杀了谁？您找他做什么？"

袁峰的心仿佛被一把钝斧反复磋磨，疼得血肉模糊。

隔了许久，他缓缓开口："他杀了我妹妹。"

他的语气冷漠，没什么起伏。

青乌"哦"了声，似乎并不当回事，语气都没什么变化，问："那您找他做什么？"

袁峰咬紧后牙，声音从嗓子里逼出："宰了他。"

青乌又平静地"哦"了声，嚼着饼干看向窗外。

窗外的雨越下越大，黔州这个地方，天无三日晴，地无三尺平，下雨是常事。

只是下一个寨子，大概得步行了。

袁峰穿上雨衣，打开车门，踩进了泥水里。

副驾的门也开了，轻快的脚步声靠近，青乌跑过来隔着细雨对他说："老板，走这边。"

袁峰看向他，那艳丽的少年站在雨里，漆黑灵动的眼眸带笑，红润的唇瓣上还挂着饼干碎屑，他说："那边的路刚刚塌了，我们得走小路。"

袁峰一怔，皱眉望向前路，铺满碎石的崎岖路面曲折通向大山深处，从这里看过去，他只能看到雨雾蒙蒙，路转入深山，根本看不到哪里塌了。

他深深看了一眼少年，并没说什么，只点点头。

少年手上掰了一截细细的树枝，握在手里玩，布鞋踩在山路上，被雨水浸湿，林间低矮灌木密密麻麻纠结在一起，很难看清小路到底在哪儿，但是少年走得很熟练。

往上走了几分钟，袁峰开口道："青乌。"

少年停步，回身看他。

袁峰抬手解开身上的雨衣，递到了少年面前。

那峒家少年背着手，歪头定定看他，眸光奇异。袁峰不想浪费时间，把雨衣扔进少年怀里，抬步继续向前走。

这里不是峒寨，是一个布努寨。

很小，只有二十几户。

天擦黑了，雨中寨子里没什么人行走，但门户开着，有穿着布努族服饰的老人正倚靠着门抽烟斗，苦涩的药味儿从吊脚楼里飘出，融进了潮湿的雨里。

看见有外来客，他有些惊讶，吐出烟雾，盯向他们。

青鸟罩着对他来说过大的雨衣，几乎垂到脚踝，脸也被遮挡着大半。

袁峰衣服湿透了，但怀里的照片半点没湿，用一个透明的袋子包着。

他走到老人面前，问道："见过这个人吗？"

老人用浑浊的眼茫然地看他。

袁峰皱皱眉，他知道这是语言不通。

还没想出来怎么表达，身后的青鸟走了过来，他开口说了一句话，虽然听不懂，但袁峰能听出来那不是峒语。

老人明显听懂了，又仔细看了一眼照片，摇了摇头。

青鸟转头对他说："没有见过。"

老人这时又说了句话。

青鸟说："他儿子是村长，寨子里来过人他都知道，等他回来你可以问问他。"

袁峰问青鸟："他什么时候回来？"

青鸟说："附近只有这一个寨子了。"

袁峰明白，他的意思是下一个寨子很远，下午赶不过去，不如在这里休息。

袁峰摸出钱包，从里边拿出三张钞票递给老人。

老人连忙摆手，嘴里说着什么。

青鸟对他说了句话，他这才把钱收下，站起身热情地向楼里喊了一声。

楼上下来一个十几岁的布努族少年，他好奇地打量来人，听了老人的话，把他们领到了楼上一个干净整洁的房间里。

袁峰一直是住在车里，这次难得有个屋檐。

他坐在窗边，望向窗外。大山雾气弥漫，布努寨就在这万重山林间，与世隔绝。

青鸟坐在床上，摘下了头巾。

门被推开，布努族少年搬着一个木质浴桶进来，接着，提上来了热水。

苦涩的药味儿从浴桶飘出，腾腾的热气让人身上起了一层闷汗。

青鸟弯弯眼睛，对他说："您进去吧。"

袁峰皱起眉，没理会。

青鸟走过来，说："您不是很冷吗？泡过就不冷了。"

袁峰冰冷的唇轻轻一扯，抬头看他，眸色深沉。他有点低烧，身体发冷，可他没说过，青鸟也没碰过他。

窗户紧闭，门也紧闭，袁峰脱掉潮湿冰冷的衣服，跨进了浴桶。热水激起的轻微刺痛感被蒸腾雾气抹平，他坐在浴桶里，强撑的身体渐渐失去力气。

大概是累极，泡澡又太舒服了，他迷迷糊糊睡了过去。

木门一声轻响，他微微睁开眼睛，见青鸟走了进来。

屋里开着灯，昏黄暗淡，窗外雨声未停，他手上端着两个盘子，笑盈盈说:"老板,吃饭。"

袁峰转头看他,他左手端着盘烧鸡,右手端着盘烧鹅,把它们一并放在了木桌上。

布努族少年推门进来,腼腆地用口音很重的普通话说:"客人,我来加热水。"

袁峰点点头,道:"劳烦找件干衣裳。"

桶里又加了热水,旁边摆了竹筒饭和酸汤鱼。

青乌把桌子挪了过来,他撕下一个鸡腿递给袁峰,就开始自在地享用美食。

袁峰沉默地低头进食,他很久没有好好吃一顿饭了。

"他为什么杀人?"一旁,青乌背对着他抓着整只鸡在啃,手上嘴上油腻腻,吃得很香。

袁峰顿了顿,片刻后,他继续咀嚼,答道:"钱。"

青乌"哦"了声,道:"贪欲。"

那条山路塌了,所以村长回来得很晚。深夜里,他就着电灯仔细看那张照片。

袁峰本没抱多大希望,却听他开口道:"一个星期以前,他从这里经过。"

袁峰猛地盯向他,问:"他去哪里了?"

村长说:"他很怪,什么话也不说,要了水喝,然后往南边的山里去了。"

袁峰缓缓抚摸着腰间的刀,一遍遍对自己说:别急,就快了。

然而,接下来的三四天里,他一无所获——再没有人见过那个人。

喀斯特大山连绵如涛，原始森林如浩瀚海洋，如果那个人躲进了大山里，那就找无可找了。

这是他雇佣青乌的第六天，雨滴砸在铁皮车顶，青乌在副驾位上睡着了。

袁峰开着窗，细微雨丝刮了进来，车门外已经扔了一地的烟头。

他用这种方式压制自己的急躁，耳边传来一丝响动，袁峰转头看过去，穿着单薄的峒族少年蜷缩起身体，乌黑的碎发覆在额头上，精致的脸在夜色里宁静柔和。

他抬手脱掉自己的冲锋衣，盖在了少年肩上。随后，把车窗往上升，只留下一点缝隙散烟。

"老板……"青乌困倦的声音响起。

袁峰低低应了声。

青乌揉揉眼，小声说："我不怕冷。"

袁峰没吭声。

青乌躺在放平的座椅上，裹着衣裳，说："您睡不着吗？"

袁峰低着头，指间的一点火光在夜色中静静燃烧。

青乌透过灰黑夜色望着他的侧脸，轻声问："您在思念着谁吗？"

袁峰指尖一颤，烟灰抖落，烫得他手背一阵灼痛。

有时候他会觉得，这个少年精明得有些诡异。

"是……"

吸烟过度，他的嗓音喑哑，融入雨夜里，潮湿得发了霉，他知道自己正在慢慢腐烂。

没关系，他只要在心脏停止跳动之前完成这件事。

他会把自己也埋葬在原始森林里，用来向她赎罪。

"您想说说吗?"青乌清澈的声音忽然响起,像一只无形的手,阻止了他情绪无限深坠。

袁峰又点燃了一根烟。

年轻英气的脸在火光中一闪而过。

他说不说都无所谓,但在这个难挨的夜里,身边唯一陪伴他的人想听,他就说说吧。

"袁媛说她想做一名护士时,我和爸妈都不同意。"袁峰沙哑道,"那个工作太累了,我们希望她进家里的公司,即便什么也不做,她也可以一辈子富足。"

青乌没吭声,他在做一个安静的听众。

"她还是成为了一名护士。"袁峰弯弯唇,向来冰冷深沉的眸色变得柔和,带着明显的骄傲自豪。

袁媛成为了一名护士,就在当地的三甲医院,她每天都很忙,但看起来精力十足。

她已经长大了,有自己的担当,即便不赞同,家里人也以她为骄傲。

护士要上夜班,爸妈在她单位附近给她买了房子,步行不到十分钟。

那一天夜里,袁媛打电话给他,叫他忙完工作去医院附近的家里接她,一起给妈妈过生日。

"我……"他喉咙哽住,半晌,继续道,"我对她说,再等几分钟。"

他这句话说得很艰涩,像是耗光了全部的力气,说完后陷入了静默。

青乌察觉他状态不好,问:"您怎么了?"

袁峰猛地闭紧双眼,指尖细微发颤:"那句话,我一共说了六次。"

"再等几分钟。

"媛媛,再等几分钟。"

……

袁峰再接到电话时,对面是一个陌生人,他对袁峰说:"您认识袁媛吗?她出事了。"

袁峰丢下客户,匆匆跑到了医院。

妹妹脸色惨白地躺在病床上,早就没了声息。

她的身上满是刀口,最深的刺穿了心脏。

她的衣服被撕开,精美的裙子被鲜血浸透,耳垂血肉豁开,上面的珍珠耳坠被人生生扯下。

那是回家的路,一个桥洞下,妹妹一直等不到袁峰,所以自己先走了。

这件案子有两个凶手,一个是那个丧心病狂的杀人犯,还有一个就是自己。

他亲手把妹妹送到了那个杀人犯手里。

"我一直在找他,他跑得无影无踪,"袁峰靠着座椅说,"一年多了,我得到消息说他在黔州出现,一路跟着线索,来到黔东南。"

青鸟对他的故事感触不深,似乎也没什么同情心,又偷偷拆开一袋压缩饼干,语气随意地问:"他知道您在找他?"

袁峰点点头。

"在从江汽车站,我们打过照面。"

黑夜里,青鸟"咔嚓咔嚓"嚼饼干,问:"他认识您?"

"看他当时的反应,应该是认识。"袁峰皱眉道。

他和那个杀人犯打过照面，在行人杂乱拥挤的汽车站，隔着二十几步的距离，那个畏畏缩缩的男人猝不及防与他对视，然后惊惧地步步后退，转身飞快逃离。

只差那么一点儿，袁峰就抓到他了。

只差一点儿。

他不再说话，车里就只剩下青鸟嚼饼干的声响，这么难吃的东西，青鸟也吃得津津有味。

袁峰扔掉烟，低声说："约定了十天，到日子后我会把你送回寨子，如果你想继续做我的向导，每十天，我会给你加一头黑猪、十斤糍粑。"

似乎对青鸟而言，没有比这件事更有吸引力的了，他嚼东西的声音一停，惊喜道："谢谢老板！"

车窗外雨停了，雨滴顺着青翠叶片滴在袁峰手背，他望着黑洞洞的山林，怔怔出了会儿神，忽地开口道："青鸟，那边的树上是什么？"

青鸟仍躺在座椅上没起身，只随意扫了一眼，就清清楚楚说道："一只黑猴子，在躲雨。"

满山榕树茂密遮天，夜色趋近纯黑，能见度不足两米。

袁峰瞳孔微缩，升起车窗，没再吭声。

03

第七天，在青鸟的要求下，袁峰不得不停下来买了一头黑猪，还有十斤糍粑。

袁峰明白，青鸟大概是怕自己给他开空头支票。袁峰想要直接付给他钱，但是他只要东西。

这是一个隐在群山间的峒寨，宝塔形鼓楼旁聚着村民，人群中间放着一头体形巨大、五花大绑的黑猪。

青乌高高兴兴地绕着猪走了两圈，袁峰坐在鼓楼下看着，开口道："送到你家里吗？"

青乌摇头，红润的唇上沾着口水，死死盯着那头猪，几乎要滴下来。

他说："我家离这里很远。"

夏季的峒寨，流水细细淌过苍翠的绿，红色的鲜血淌进溪水，又很快变清澈。

青乌请村民帮忙将大部分猪肉做成腊肉，等向导的活完成后再来取回，自己则背了一个竹篓，将糍粑、脱了毛的猪头和猪腿塞进去，用塑料膜包裹好，带着离开。

这个地方气候潮湿，食物容易腐坏，袁峰提醒他后，他并不以为意。

背着重重的竹篓，微弓着腰，行走在溪水边，他看起来心情非常好，一直笑眯眯的，口中哼着不知名的山歌，声音清澈，和着流水，仿佛有洗涤人心的效用。

袁峰跟在他的身后，沉默地听着。

歌声一顿，袁峰跨过一步，稳稳扶住少年清瘦的手臂。

溪水边湿滑，青乌一只脚落在了水里，溅起水花湿了袁峰的裤脚。

青乌仰头看他，眼睛晶亮，袁峰默不作声接过他肩上的竹篓，背在了自己肩上。

那竹篓很重，袁峰觉得这一路没有把这个看起来纤瘦的少年压垮，已经是运气了。

他沿着水向前走，湍急的流水一路向下，青乌追上他的步子，笑吟吟说："老板，您真是个好人。"

袁峰没吭声，他一贯沉闷无趣。

青鸟这几天却一点点和他熟了起来，说起了话："老板，还不知道您是哪里人？"

"您那里也有山吗？"

"您听过这里的传说吗？"

"老板，您想去大山里看看吗？那里很美，我能带您进山，我带路很安全。"

袁峰一直沉默，听到这里时忽然开了口："等我找到他以后，带我进山吧。"

青鸟跑到他前面，倒退着同他说："这片大山里有蚩尤留下的古老部族，西边还有一个已经消失的叫作夜郎的国家，如果您对天坑和洞穴感兴趣，我也可以带您去，我看到过一些带着大灯和相机的人往里面钻……"

袁峰安静听着，只说了句："好。"

他的车停在低洼处，把猪肉放在后座，青鸟熟门熟路上了车，指了一个方向，说："他如果要逃，一定是在有人的地方，一个人逃进大山是活不下去的，我们往那边走。"

袁峰觑他一眼，没有再多说，发动了车。

走时已经是下午，山路难行，走到下一个寨子时太阳已经要落山。

车停在山路边，宁静的夕阳余晖铺在绿油油的梯田上，波浪式断面田地一级级铺满一座座山，从这里居高临下，放眼远望，一个个藏在山中的寨子正冒起炊烟。

山中生活平淡自然，岁月流淌正如静静凝聚的雾气升起，悄然无声。

夜幕降临，梯田田埂旁，袁峰坐在一块石头上，穿着迷彩裤的长腿撑着地面，军靴和小腿上都溅满了泥点，土底的潮气渐渐涌出来，一阵香气从旁边飘来。

青乌正在烤猪头。

他用最原始的方法垒起石头，燃起木柴，把偌大一个猪头架在火上烤。

他穿着峒族的衣裳，没再戴头巾，黑色的发被风轻轻拂动，露出一张艳丽惊绝的脸。

他蹲在地上，眼睛直直盯着猪头看，红唇微张着，不时吸一下口水。

袁峰有些好奇，这么个猪头，他能吃多少。

不管多少，烤猪头肯定也会用很长时间。

袁峰挽起黑色帽衫的袖子，露出精壮的小臂，捧起石头上流下的细细水流，在自己的脸上搓了一把。

清凌凌的泉水从领口淌到胸前，衣裳打湿了一片，很清爽。

"老板。"青乌叫他。

他偏头看过去，青乌弯腰递给他一个糍粑。

他没接，淡淡开口："这是报酬，我付给你的。"

青乌被他的话逗笑了，清澈的眼眸晶亮，倾身把糍粑贴上了他的嘴唇，活泼地说："是我送给您吃的。"

山间薄雾起，青灰色夜幕笼罩大山。

糍粑甜香而韧滑，袁峰咬着那个糍粑，遥望着青影下的静穆大山。

"青乌，你说过你的家不在寨子里，"袁峰低低问，"你的家在哪个方向？"

火光闪烁，油滴下溅出的火花如萤火，青乌转头，指着雾气缥缈的群山，说："那里。"

袁峰试着随他指向那个方向:"那里?"

青鸟细白的手指上染灰,指着更远的方向,说:"不,那里。"

那里很远,有雾,袁峰看不清了。

更晚一点,青鸟迫不及待撕下了一只猪耳朵。

袁峰烤着火,看了一眼,那猪耳朵里还带血。

本以为青鸟不会吃,但是青鸟丝毫没介意,捏着猪耳朵,仰起头,张大嘴巴往里送。

袁峰皱起眉,伸手去拿。

青鸟白白的牙齿闭合,咬了个空,虽然不明白袁峰为什么抢,手却下意识往后躲。

一拉一躲,那只猪耳朵掉在了地上,眨眼裹上了灰尘。

青鸟伸手去碰,袁峰已经先一步捡了起来。

"脏了。"袁峰收回手,说,"还没熟,别吃了。"

青鸟抿唇看他,眉梢下撇,眼神有点委屈的模样,说:"我能吃。"

袁峰手指微紧,还是说:"扔了,不能吃了。"

说完,扬起手,预备扔远一点。

青鸟一步跨过来,手撑在他的膝上,大张着嘴去够,急着说:"扔我嘴里!扔我嘴里!"

袁峰唇角溢出一丝浅笑,扶住青鸟的肩,低声说:"我给你洗干净,不扔了。"

青鸟这才放松下来,心满意足坐回原位,小声说:"生的我也爱吃。"

袁峰侧身冲去猪耳朵上的灰尘,水声泠泠,他听清了那句话,但是没有吭声。

听到鸡鸣声,袁峰从车里醒过来,青鸟没在。

山间雾气还没散，晨光渐渐从大山另一端升起，草木生灵沐浴在柔和的晨光中。

袁峰走下田埂，昨天他去睡觉的时候青鸟还在吃，他醒了，青鸟还在那儿。

袁峰走过去，一时震撼得不知如何反应。

那只猪头，几百斤黑猪的猪头，已经只剩下骨头。

一只猪后腿的骨头被吸干骨髓，扔在地上，青鸟坐在地上打瞌睡，他的怀里抱着一只猪蹄，那个背篓里还剩下一袋糍粑，而他旁边的那块地——村民种的青菜，秃了半边。

他深深抽了口气，升起的悚然在看到青鸟安然香甜的睡颜时却慢慢褪去。

他看了眼那些一丝肉也没有残留的猪骨，半蹲下来，轻轻拍拍青鸟的肩。

少年醒了过来，睡眼惺忪道："老板，天亮了吗？"

袁峰垂眸看他："嗯，该走了。"

青鸟还是有点困，抱起竹篓，揉着眼往坡上走。

袁峰站在原地，低头，从怀里拿出钱包，从里边抽出两张钞票，压在了菜园的石头下面。

转身，向着车走去。

04

"去梯田的大巴一天两次。"峒家姑娘好心提醒，"上午的快发车了，建议下午去，很多人会等到下午去看梯田落日。"

她对站在售票亭前的中年男人说道："不过一定要注意大巴回来

的时间，错过就回不来了。"

她说完那句话，男人已经买好了票。

三月天，游客稀少，寨里车站清静。

大巴上已经有几个游客在候车，司机坐在路边阴凉里刷短视频。

男人背着笨重的登山包，登上了大巴。

车上设施老旧，座位狭窄，男人坐在最前边的位置，登山包放在了脚下。

姑娘看看一旁的司机，他已经收起手机站了起来。

就要发车了。

她抬步上了大巴，坐在那个木讷男人的身后。

寨里人上车是不必要车票的，她系好安全带，打开窗，清凉的风吹了进来。

大巴缓缓驶离寨子，走的就都是山路了，一边是山，一边是崖，颠簸破路扬起的尘土被甩在后面，接着就是一个接一个的转弯。

不常走山路的，甩过几个弯多数就要吐了，后面乘客从刚开始的交谈已经渐渐息声，"山路十八弯"是歌里唱的，真正倚山筑寨的路又何止十八个弯。

这样糟糕的路况，大多数游人都是闭目养神，前面坐着的男人却一直静静望着窗外。

峒家姑娘随着他的视线看过去，青山如同绿色飞瀑，自崖底倾泻而下，形状迥异的锥状喀斯特大山连绵起伏，千山万壑望不见边际，蔓延至更远处时，便形成了古人笔下水墨画卷视觉上的等比例复刻。

那里，是原始森林。

她跟着看了一会儿，便觉得犯困，趴在车窗边缘吹着风，打起了瞌睡。

再醒时，车已经要到站了。

她看到男人提起了背包，远处一个小型峒寨映入眼帘，寨外停车场停着零星几辆车，比他们寨子还要冷清。

不过，这里的商业化也没那么严重。

车停下，男人率先下了车。

进寨后，姑娘脚步轻快地与他走了相反的方向，她去了寨里的姐妹家。

一直待到中午吃过饭，她又想起了那个男人，寨子很小，她没走多久，就在梯田田埂上看到了那位游客。

他一个人孤独地坐在土地上，那个大背包倚靠在他身侧，他抬着头，静静望着西南的方向。

姑娘顺着土坡下到了梯田，走到他身边，安静坐下。

白色蝴蝶飞过男人已经染了白发的鬓角，落在他蓝色冲锋衣的肩上，停住不动。

姑娘侧头打量他，银饰碰撞的声音，碰响寂静大山，她终于再次听到他的声音："你愿意听我讲一个故事吗？"

姑娘立刻打起精神，说："当然。"

她就是来听故事的，她最喜欢的事就是聆听这些背包客的故事，这是她跟上来的理由。

"青鸟他……"

姑娘第一次听到这个名字，从男人低沉沙哑的声音中，察觉到了几分温柔，还有一种或许可以称作虔诚的态度。

他说："他是那样特别……"

顺水而上，黔东南夏季的满目绿色极容易让人迷失方向，好在青鸟识得路。

途经的寨子慢慢变成了聚集的南巫寨。

袁峰断断续续问到了关于那个人的行踪，他们一路跟在后面。

山间不知岁月，袁峰沿途看到南巫寨里挂起红绸、割起艾草，才反应过来，端午要到了。

青鸟趴在车窗上，眼睛直直盯着他的方向。

袁峰低头打量自己，没发现什么不妥，村民把照片还给他，点点头，说："三天前他来过这里。"

又交谈几句，袁峰走向车的方向，走了几步，他才发现青鸟看的不是他，而是吊脚楼。

袁峰停步，侧身回望，发现那户村民家里挂着几条腊肉。

袁峰又走回去，掏出钱包，把那几条腊肉买下，返回车里。

青鸟立刻坐直，像个乖巧的小学生，目光炯炯地看他，有些急切地期待着他的下一步动作，甚至脚尖也点了几下。

袁峰没吭声，把腊肉袋子递给他，发动了车。

青鸟立刻抱住袋子，眯着眼睛笑，赞美道："老板，您真是个好人。"

袁峰心里焦躁，并没理会青鸟说什么。距离那个人越近，袁峰越是难以静心，他的血液不断翻涌着，急欲找一个突破口。

天色暗了，他们在山里过夜。

青鸟抱着腊肉下车，用石头垒起灶，捡了山间厚厚的枯枝枯叶点燃，架起腊肉烤。

林间偶有不知名的鸟叫传来，也不知来自哪里，衬得夜更加寂静。

袁峰坐在火堆旁，啃着压缩饼干，就着被夏天闷得温热的矿泉水咽进了肚子。

青乌烤着两条腊肉，一只手拿着小木棍戳火堆，另一只手拿起一条腊肉放到嘴边。

袁峰目光定住，看着他的动作，就见他张开了口。

袁峰伸手把那条沉甸甸的腊肉抽了过来。

青乌愣住，看他。

袁峰说："不能吃生肉。"

青乌的脸皱了皱，有点不满的模样："能吃。"

袁峰抽出绑在小腿上锋利的刀，低头在硬邦邦的腊肉上利落划开几条，架在了火堆上。

他语气淡漠，不给他辩驳的机会："烤好再吃。"

青乌叹了口气，低下头继续戳火堆。

天上的月亮像一个被咬了小半口的糍粑，明亮的月光洒在大山里，火堆发出"噼啪"声，袁峰的目光无目的地落在少年身上。

他今天早晨换上了南巫的服饰，真丝青布对襟短衣，宽松的阔腿长裤，染中带银绣，头缠布帕。

"青乌。"他开口叫道。

少年抬头看他。

袁峰问："你是南巫人吗？"

青乌摇摇头，他说："我不是寨子里的人。"

袁峰心思机敏，立刻明白青乌这句话的意思，他不是峒寨人，也不是南巫寨人。

袁峰那时候心底升起一个荒诞又诡异的念头，他想——他的向导，或许不是人呢？

他翻了翻火堆，淡淡说："如果我没时间给你买黑猪和糍粑，就拿上我的钱包，自己去买。"

青乌没空理会他，抓起烤好的腊肉，烫得不停吹气，迫不及待地咬下去。

香气扑鼻，热腾腾的腊肉干凑到他的唇边，袁峰一怔。

穿着南巫服饰的艳丽少年目光澄澈带笑："老板，吃。"

清晨雾气迷蒙，草木大山隐在山雾后，视野不清。

昨晚下了场小雨，林间路面湿滑，两个人一前一后走在狭窄崎岖的小路上，去往半山腰的寨子。

走了一个多钟头，太阳升起来了，袁峰踩在一块大石头上，微喘着仰头看。

清越的鸟鸣自深山而来，白茫茫晨雾间，万缕阳光筛下，静穆而自由，空气吸入肺里，净化了连续赶路的浊气。

青乌爬上了更高的地方，回身看他，俯下身，向他伸手。

袁峰的目光落在少年的身上，复又慢慢挪到他掌心朝上细白的手上。

沉默了几秒，他沉默着抬起手，粗糙的大手被少年稍稍握紧。

轻微一个借力，他跃到了青乌的身侧。

青乌收回手，脚步轻快地继续往前赶路。

袁峰暗自加快步子，跟上他。

听到流水声时，天光已经大亮，雾气也散得稀薄，袁峰看到了南巫族村落正燃着炊烟，在黔州独特的刀锋林下，神秘而质朴。

这里已经能听到鸡叫声了。

袁峰稍稍缓了口气，有些急切地大步向前走。

"老板——"落在身后的青乌忽然闪身过来，弯腰在他小腿处凌空一捞。

他的动作又快又疾。

袁峰心里一惊，动作立刻停住。

袁峰本以为是有蛇，在大山里，他见过几次蛇。

定眼望向青乌。

然而，他没看到什么蛇与毒虫。

青乌的手里攥着一样东西，那好像……是一个竹片？

但他知道青乌不会无缘无故这样，皱眉细看，片刻后，开口问："这是什么？"

头顶翠竹叶飘飘落下，青乌退后两步，又把那东西好好放在了路中央，拍拍手走过来，说："是篾片蛊。"

袁峰一愣，问："蛊？"

他又看过去，那东西十公分左右，就在路中央，翠绿，几乎与落叶融为一体，毫不起眼。

青乌回答道："就是一种施过蛊药、人经过时会跳到人腿上的蛊，不过不用怕，下蛊人不是冲着你的。"

袁峰本以为下蛊只是传说中的事。

他皱眉问："你没事吧？"

青乌一愣，背着手，歪头看他，清澈的眉眼间渐渐浮现了笑意，他摇头，轻快地说："我没事。"

袁峰慢慢放下心，又为刚刚的事有些后怕，问："中蛊会怎么样？"

青乌"哦"了声，随口答："就是会很疼。"

袁峰点点头。

青乌继续说:"然后过些天,蔑会跳进膝盖里,腿和脚会变得像鹤腿那样细。"

袁峰谨慎地远离那东西一步。

青乌又说:"再过个四五年,人就死了。"

青乌顺着小路继续往前走,袁峰犹豫了一下,转头看那安安静静的竹片,开口道:"青乌,你不管它吗?"

青乌驻足,回身看。

袁峰在青乌明亮的眼睛里看到了类似不解和莫名其妙的情绪。

那一瞬,他忽然就想明白了什么。

"它在那里,自有它的道理,"青乌的笑容一如平时的灵动干净,就像他们头顶飘飘落下的苍翠竹叶,他说,"又和我有什么关系?"

袁峰没吭声,沉默着走向他,再没理会身后的篾片蛊。

他心里曾疑惑许久——从他告诉这异域少年自己来追凶,看到对方没有反应的反应时的疑问,现在得到了解答。

青乌他并不在乎他做什么,他没有善恶观念,他亦正亦邪,或者更适合说……他不正不邪。

他在乎的,只有他的黑猪和糍粑。

今天是端午,南巫寨里热闹非凡。

一大早上,就能看到南巫家姑娘打桥上过,头顶银饰碰撞,和着桥下涓涓流水泠泠作响。

这个寨子应该是沿水而来最大的一个,人群往来熙攘,许多年轻的姑娘小伙子穿行而过,笑声与歌声回荡在苍郁大山与宽广水域间。

青鸟来到这里后心情就变得很好，在人群中走快几步又停下等他，袁峰能察觉到，他很想离开自己去玩，但是在努力克制。

左右他是到这里来找人的，青鸟去玩也没什么。

"青鸟……"袁峰刚开口，青鸟跑了回来抓住他的手腕，拉着他往前走。

袁峰的话被打断，垂眸，看着少年白皙的手握在自己黑色帽衫的袖口，一白一黑，色彩碰撞鲜明。

他不再吭声，随着青鸟一起走进了人群里。

温润的风拂面，与青鸟穿着一样南巫服饰的男女正往桥上走，姑娘们三五成群，活泼明媚，那群小伙子聚在路边唱着歌，笑容灿烂。

他们大胆地对着走过面前的姑娘们唱着歌，探头打量姑娘的脸，被看的姑娘们羞涩地低头，笑着加快脚步。

这样的青山绿水间偏远古朴的南巫寨、异域独特的民族氛围，让袁峰有种穿越时空的错觉。

穿着南巫服饰的少年抓着他的手腕，随着人流过了桥。

"他们在唱什么？"袁峰低低问。

"飞歌。"青鸟说。

"飞歌？"

"就是山歌。"青鸟说，"每年端午，成年的男女都会聚在这里游玩，相互相看，男女对歌择人，有意的互换信物。"

这时，对岸升起一道高亢嘹亮的歌声，压过了回荡山谷的齐唱。

袁峰看过去，听着那道歌声唱完几句，不远处又升起一道婉转悠扬的女声，把歌声接起。

两岸的人纷纷驻足，围起观看。

袁峰被青鸟拉到水边，看到了对歌的男女，都是十八九的年纪，男生豪爽，女生大方，背后各自簇拥着好友。

人群里，袁峰问："他们唱的是什么？"

青鸟笑着说："那后生——"

他指指桥下的男生，说："他唱——阿妹你抬头望水过呦，脸上红坨坨迷人眼，阿哥一见你就心焦呦，金凤凰落上嫩叶叶，盼星盼月盼你转眼呦。"

他的声音好听，说这山歌时仿佛自带韵律。

青鸟弯着眼瞧热闹，又指指那女生，说："她唱——远方来的阿哥呦，你喜欢莫要说早，阿妹主意有好多，金凤凰哪敢任意落，花言巧语我不信。"

袁峰心不在焉道："是这里的民歌吗？"

青鸟摇头："谱子大都固定，但唱什么都是即兴，想到就唱到。"

身后的人流还在继续向前走，袁峰转头看过去，问道："他们要去哪里？"

青鸟笑盈盈说："咋翁。"

袁峰沉默一下，说："青鸟，我听不懂。"

青鸟说："就是划龙舟。"

龙舟竞渡，是南巫寨人端午节的传统活动。

人们都涌向江边，但除此之外，还有许多其他活动。

南巫寨的集市上穿行着男女，摊位售卖着各式各样的货物，有香囊银饰，也有酒水美食。

"老板。"青鸟跟在袁峰身边，热切地望着他，问，"您饿不饿？"

袁峰没吭声，从钱包里拿出几张钞票递给他。

青鸟踟蹰一下，背着手没接。

袁峰淡淡说："去吧。"

青鸟这才松动，从他手中抽出钞票，攥在手心，转身向集市走。

走出几步他又回头，挥手叮嘱："老板，您在这里等我。"

袁峰站在原地静默看他，少年眼珠如乌玉，笑容明艳耀眼，在黔东南的山水中自成景色，他夺走了许多人的目光，但自己似乎并未察觉那份招惹。

等他离开，袁峰抬手从衣服里拿出一张照片。

他走进热闹的集市里，拿着那张照片询问："见过这个人吗？"

他的灵魂时时刻刻被烈油烹煮，他成夜成夜睡不着，每次躺下时都会觉得被尖刺扎着，难以安宁。

他有预感，他已经离那个人很近了，或许就在触手可及的地方。

心里的急切让他的血液都开始沸腾，他知道自己即将迎来解脱，那一刻来临后，媛媛应该会宽恕他吧。

"没有。"

"没见过。"

"汉人吗？没有见过。"

他挨个找人问询，正如他一路走来重复做的那样。

身边的行人川流不息，笑声仿佛隔了一层才模模糊糊进到袁峰耳朵里，他就像一个没有灵魂的木偶，机械而麻木。

"见过这个人吗？"他面色冷漠地重复那句话，把照片放到寨民眼前。

那寨民看了眼照片，没吭声，又抬头盯向袁峰，看了两三秒。

袁峰凌厉的目光落在那人脸上，又重复一遍："见过他吗？"

寨民往上背了背竹篓，语气阴沉："没有，走开。"

袁峰皱眉，打量这个身材瘦小佝偻着的男人，他大约五六十岁，粗糙的皮肤在日光照射下呈现铜黑色，嘴唇紫黑，麻木浑浊的枯眼里闪出冰冷威胁的锋芒，在黔州深山的南巫寨里，难免让人生出些诡谲感。

"你来找人？"身后，一道苍老的声音忽然吸引了袁峰的注意力。

他侧身看过去，见是一个持手杖的老人，袁峰的目光从他手杖上悬挂的黑布掠过，微微颔首，道："是。"

先前那个寨民已经绕过他向后走了，不知怎的，袁峰又看向那人背影。

两侧古老的吊脚楼像两道高耸的墙，夹缝里夏日青山高远，天空碧蓝，来往行人川流成了虚影，那个南巫人闷头独行，气质神秘且诡异。

"我可以帮你占卜。"那老人又开口，引回他的注意力。

袁峰望向他，问："你是巫师？"

老人神态从容平和，颔首道："你想问什么？"

南巫寨街头，袁峰扣着黑色帽衫的兜帽，略长的发遮眼。他脸色苍白，几乎没什么血色，垂下手，淡淡开口："我的寿命。"

05

"你问自己的寿命，"峒家姑娘听得入神，轻轻开口，"是因为你想知道自己什么时候找到他吗？他死去的时候，就是你死去的时候。"

袁峰没吭声，风吹过黔东南夏日的梯田，拂过他沧桑的脸庞，他一直望着远方，就像真能这样从那片原始大山里看出点什么。

半晌，她听到男人说："是，我那时已经迫不及待，因为我有预感，那个人一定也在那里，找到他只是时间问题，这种预感毫无根据，或许是媛媛告诉我的。"

峒家姑娘这一刻忽然意识到，身边的这个男人可能是一个杀人犯。

这个想法让她心底悚然，但梯田上来了游客，在拍照直播，不远处有寨民正在劳作，看起来很安全。

她的好奇心还是胜过了恐惧。

她歪头看他，问："听说南巫族的巫师很厉害，他算出来了吗？"

袁峰摇摇头。

他说："那个巫师……骗了我一筐鸡蛋和十斤糯米。"

这个巫师很不靠谱，即便寨民们看上去都非常尊敬他。

他不收钱，只收东西。可收了东西后，他拧着眉头盯着自己的卦象，好一会儿说不出个所以然。

他只是一直在说："真是怪。"

袁峰不耐烦，说："你就说，我早死还是晚死就是。"

巫师说："是早也是晚，是死也是生。"

袁峰就要离开，忽然听到青鸟的声音，转头看过去，青鸟背上背了一个大竹篓，正飞快向他跑来。

"老板！"青鸟笑容明媚，脚步轻快地奔过来，叫道，"我回来了！"

袁峰站起身，扶住来不及止步的青鸟。

这时，他隐约听到身后的南巫族巫师低呼道："明白了！"

青鸟撞到他胸膛，笑吟吟站稳，越过袁峰的胳膊看向他身后，而后微微扬眉。

袁峰看过去，见巫师脸色变得十分古怪，他似笑似哭，苍老的眼睛里闪出了水光，他颤着唇看着青鸟，开口道："您……还记得我吗？"

袁峰低头看青鸟，少年笑容依然明艳，唇角也扬着，他语气熟稔地说："好久不见，你终于变成巫师了啊。"

"是啊……"

袁峰心头震颤，因为他听清了老巫师的话："已经做了六十年了。"

袁峰什么也没说，什么也没问。

牛角号吹响了，龙舟竞渡已经开始，袁峰和青鸟一起向江边走。

青鸟的竹篓里背着满满一筐吃的，走到江边时，龙舟已经出发，两岸人潮簇拥，挤得密不透风。

袁峰走在人群里，目光一一看过那些脸。

除了南巫人，这里也有些汉人，是来这里旅游、考察，或者定居的。

青鸟跟在他身后，背着大竹篓，嘴里咬着果子，含含糊糊问道："没有吗？"

袁峰望着人海，沉默地摇头。

青鸟拆开一枚粽子，举到袁峰唇边，说："老板，给。"

袁峰低下头，那温热的粽子贴在了他唇上，香糯的气味溢出。

少年眼睛透亮，以为他没听见，又说："老板……"

袁峰张口，咬住了那个粽子。

夜幕降临时，寨子里的广场上响起了歌舞声。

陌生的语言腔调还有异域独特的舞蹈，在黔东南的夏夜里交织呈现，四周被燃起的篝火照得亮堂堂。

歌声隐隐约约传至老旧的吊脚楼，夜里凝起的露水染上楼外芭蕉，袁峰手臂撑在栏杆上，仰头灌了一口酒。

"老板。"三楼的窗边有人探头看过来，笑道，"您在这里啊。"

袁峰抬头，二楼吊着的老旧钨丝灯泡把夜色照得昏黄，他轻轻点头，青乌消失在了窗口。

不一会儿，"咚咚"的脚步声在木制楼梯上响起，青乌下来了。

这是那个老巫师的家，他的家人已经休息，楼上楼下安安静静。

"老板。"青乌走过来，问，"您不睡吗？"

袁峰没吭声。

修长的手抬起酒杯，贴到唇边，敛眸咽下。

白酒的醇香被风吹散，辣却一直烫进了喉咙。

青乌坐在一旁的木椅上，背对着黔东南夜色，在随身带的袋子里摸了摸，摸出一只烤鸭。

"老板，庆典要连续过四五天。"青乌撕下一只鸭腿，说，"您不要着急。"

袁峰垂眸看他，楼上灯下，那个少年向他递着一只鸭腿。

"青乌。"袁峰缓缓开口，"我叫袁峰。"

更远的地方，群山漆黑，如一道道不真实的影。

人在远望大山的时候，总觉得那些庞然大物很虚幻，就像人为一个庞大的目标努力时，总觉得那个未到来的结果虚幻一样。

南巫家人的酒水很容易醉人，青乌和他一起喝。

袁媛死后，袁峰几乎不怎么说话，今天夜里，他的话也不多。

青乌陪在他身边，高高兴兴吃着那只烤鸭。

袁峰喝醉了，看着天上的星星，觉得世界都在转。

他缓缓坐在木质地板上，黑色的兜帽罩在头上，他抵着膝盖，怕冷一样蜷缩起身体。

他好像听到袁媛叫他，笑着说："哥，我等了你好久。"

头上阵阵晕眩，指尖却冰冷，他干涩的眼睛淌不出一滴泪来，只有深深的疲惫迷茫，还有刻入骨髓的恐惧。

他那时候才只有二十几岁。

"老板……"

迷蒙里，他听到青鸟叫他："你醉了吗？我背你上去。"

他的肩被推了推，然后青鸟拉起他虚软的手臂，搭在自己肩上。

袁峰却反手抓住他的肩，一把将他扯进怀里。

他紧紧抱着少年的身体，就像捞住一根救命稻草，尽管……他是来赴死的。

他听到青鸟小声说："老板，你病了。"

袁峰发烧了，他身体虚软无力，阵阵冒着冷汗。

第二天早上醒来时，青鸟坐在他床边，正吃着一盘肉。

见他醒过来，青鸟端起一只碗，说："老板，喝药。"

袁峰想要坐起来，但是他低估了自己这场病的来势汹汹，他甚至没力气爬起来。

青鸟说："你只是太累了，又受了风寒，喝药后很快会好。"

袁峰声音嘶哑："我要……"

"要吃肉吗？"青鸟抓起盘子里的一块肉，往袁峰嘴里塞，"吃了就好了。"

袁峰偏头避开，听到门口有人说："他现在不能吃这些。"

老巫师过来了，把一碗药放下，说："喝了药，过两天就好了。"

袁峰没吭声，端起药碗，一口气把那苦涩的药汁咽了下去。

而后他躺在床上，不受控制地昏睡了过去。

再醒时，已经午后，青鸟坐在他床边，还在吃。

看来老巫师给了他很多吃的。

他静静看着青鸟的侧脸，少年悠闲地吃着东西，腿一晃一晃。

窗外山间时光静静流淌，可于袁峰而言，每一分每一秒都可能错过那个人。

吃过药以后，他的状态稍微好了一点。

"青鸟。"他哑声叫道。

青鸟转头看他，叫道："老板。"

袁峰看着他的眼睛，平静地说："我想出去。"

他真的躺不住，在这里什么也不做，比受凌迟还要焦虑难熬。

青鸟抿起唇，慢慢放下了手里的肉。

寨子里仍很热闹，人流很大。

袁峰闷咳了几声，在炎炎夏天拢紧了身上的衣裳。他身体太差，没多久就没了力气，穿着南巫服饰的异域少年在他身边跟着。

水上映着云影，暖阳晒在身上，让身体稍微回暖。

袁峰坐在温热的石头上，手上锋利冰冷的刀身倒映着他苍白的脸。

身旁，青鸟抓着一把小石子，单手撑着腮，一颗一颗扔进水里，百无聊赖。

这是青鸟给他做向导的第十九天，也该付报酬了。

"青鸟，"袁峰闷声说，"今天我再给你买一头黑猪吧。"

青鸟立刻抬起头，欣喜道："真的吗？"

袁峰点头，说："还有十斤糍粑。"

青鸟眼睛晶亮："现在吗？"

袁峰撑着石头站起来，身形轻微一晃，虚浮地站稳。

他面上除了有些苍白，没什么异样，开口道："走吧，现在就去。"

青鸟喜欢吃黑猪，他挑的都是最大最肥的，在寨民家里直接宰杀。

袁峰靠在楼下，扣着兜帽，衣服拉得很紧，蜷起手抵在唇边，闷咳了几下。

他身上阵阵发冷，手脚也没什么力气，看着不远处被放血的黑猪，他想，这么大的猪头，其实也只够青鸟吃一顿。

少年蹲在地上，目不转睛盯着猪，那样重的血腥气里，他在啃着糍粑。

他与寨民交谈着，说着南巫话，袁峰听不懂，看着他精致的侧脸，只觉得神秘又动听。

黔东南的云与水轻轻摇晃，风掠过青鸟头巾上垂下的细穗，他轻轻抬手，虚虚描向青鸟的方向，仿佛虚幻地触碰到了这个世界一丝一缕的浪漫。

他收回目光，又止不住闷咳，身后传来芦笙的乐声，袁峰无意间看过去。

只是那一眼，他的目光定格，血液瞬间冷透。

街上忽然簇拥起人群，扛着芦笙的寨民成群走过，热热闹闹向广场方向而去，袁峰疾步穿梭在人群里，拨开一个又一个的行人，目光牢牢锁在那个枯瘦的身影上。

人潮如奔涌的流水，阻滞了他的速度，他看到那个人跌跌撞撞跑向一条小路口，他的右腿似乎受了伤，行动时一瘸一拐，蜡黄的脸上表情惊恐，边跑边向后看。

他不是看到了自己。

他在看谁？

袁峰迅速向他看过的方向扫了一眼，却忽然看到了昨天集市上的人。

那个五六十岁的寨民，正冷漠地盯着那个正狼狈奔逃的人。

袁峰没空多想，那个人已经跑进了小路，看不见踪迹，他终于从人群中脱身，向着那个方向飞奔。

寨子里的羊肠小道通往大山方向。

出了寨子，就见不到寨民了。

袁峰生病了，身体很虚，耳膜鼓胀，持续嗡鸣着。

喉咙里泛起了血腥气，周围的绿色渐渐变得模糊，他呼吸困难，仿佛置身绿色的海洋，肺被包裹得密不透风。

不知过了多久，他失去了那个人的踪迹，也迷失了方向。

这里没有路了。

他停步，粗喘着四处看，狂乱的心跳里夹杂着耳膜的鼓动声，他强迫自己忽略杂音，听清林子里的声音。

只是片刻，他迈步向右前方走去。

终于走出了密林，袁峰看到了那个人的身影。

同时，他也看到了横亘在眼前不见边缘、深不见底的巨大天坑。

仿佛一张黑漆漆的大口，来自大自然强烈的压迫感让人难以抑制地生出惧意。

然而，这个世界上似乎有更加值得恐惧的事。

万丈天坑之上，搭着一根长木，长度超过了五十米，粗细却不及一个成年男性脚掌宽，被两边的木桩牢牢固定。

那根木头上，趴着一个人。

他身材枯瘦，蓝色粗布衣衫破旧不堪，像一条蛇一样纠缠攀附在木头上，已经挪动到了另一端的位置，快要到那一端了。

他看起来怕极了，身上不停发着抖，可他爬的时候，仍不停向后看，似乎有比这天坑更可怕的东西。

袁峰站在天坑边缘，冷漠地死死盯着他。

那人无数次回头，终于看清了袁峰。他看起来更加害怕，加快了爬动速度。

袁媛死去的时候，是不是也这样恐惧呢？袁峰想不出来，只要一想，他就撕心裂肺地疼。

心火涌上四肢百骸，他半跪下，伸手触向那根木头。

"不要！

"求你！

"放过我！"

恐惧的嘶吼声惊起深山飞鸟，嫩绿竹叶缓缓飘落，袁峰余光里，看到了一双沾染了泥土的黑布鞋。

"让他走吧。"一个苍老的声音从身后响起。

袁峰手下一顿。

老巫师抓住了他的手臂，枯瘦的手力气巨大，让他一时挣不开。

他蓦然转头，猩红的眼望着那位老巫师，也看到了几步外，那位面色淡漠的寨民。

他仍背着竹篓，望着天坑对面，目光幽寂冰冷，就像在看一个死人。

他收回目光，漠然看了袁峰一眼，掉转脚步，佝偻着身躯，返回了丛林。

手下的木棍剧烈振动一下，袁峰看向对面，那个人已经头也不回地跑进了大山。

袁峰大脑一片空白，甩开老巫师的手，起身追上去。

那条木头就那么粗，走上去时伴随轻微晃动，天坑的纯黑仿佛有奇特的吸引力，吸引着人向下看。

他冲上天空上方，在木棍上跑出几步，余光掠下，虚软的腿不受控地一歪。

身体急速下坠，他出于本能用力一抓，右手攀住了那根木头。

风从高远博大的天空吹来，坠入深不见底的漆黑天坑，他悬挂在天与地之间，空山寂静。

一片竹叶落在了他的肩上，那一瞬他心里十分平静，模模糊糊想着，这里本不该被打扰。

"老板！"一道声音唤回了他的理智，他抬头看过去，青鸟正站在天坑边缘。

袁峰望着他，干燥的唇微微掀动："青鸟……"

袁峰想着，还好他已经买好了黑猪和糍粑。

"别过来！"下一瞬，袁峰低吼，"青鸟，回去！"

那姿容艳丽的少年已经走上了木头。

"别怕，"少年扬声，"我来接您。"

冷汗从额角滴下，心脏几乎停止跳动，袁峰死死盯着青鸟的脚下，却见少年脚步轻松，如履平地。

他很快来到了袁峰面前,可袁峰却觉得时间过了一个世纪那样长,过度紧张以至于眼前阵阵晕眩。

他望着居高临下的青鸟,山间藤蔓蔓延至天坑上方,羽毛鲜丽的鸟儿们掠过少年身后的天空,落了一只在青鸟头顶,那一瞬,袁峰觉得,自己窥见了神明。

那样狭窄的木棍上,青鸟半蹲下,握住了他的手腕。

然后单手,力气惊人地一点一点、稳稳把他拉了上来。

他双腿虚软地踩在木棍上时,青鸟挥手赶走飞鸟,开口道:"老板,别向下看。"

他没再向下看,被青鸟牵着踏上了平地。

06

那样的惊心动魄,在梦里千百次回溯,说起来却也只是寥寥几句。

青鸟在天坑上行走时,那样从容,他就像黔东南的大山本身,充满了神奇与包容。

太阳渐渐向西,阳光温暖地洒在旅人的身上。

峒家姑娘望着那位中年背包客,健壮修长的身躯散发出野性的魅力,他正在思念着那个叫作青鸟的少年。

从他口中说出的奇幻的故事让人不禁神往,假设那些事是真的,那么,他口中的青鸟,应该也已经四十岁出头了。

这个年纪的人不再年轻,走在路上,早就泯于众人。

然而,峒家姑娘想,世人只看眼下,却忘了生命都有其璀璨的时间。

"那两个南巫人也在追那个人吗?为什么?"小姑娘有许多疑问,"他已经跑了,后来呢怎么样了?青鸟呢?"

袁峰轻轻开口:"后来……我还是不甘心。"

回到寨子天已经黑了。在身体极度虚弱、情绪极度低落的情况下，他的大脑还在运转，他想明白了一件事。

昨天他在集市上询问那个寨民是否见过照片上的人时，被老巫师打断了。

他是故意的，为了绊住自己。

他那时不知道自己来找那个人是什么目的，知道了也不会说。

"那个人对他的家人做了不可饶恕的事。"昏黄的钨丝灯下，老巫师肃然说，"该受到惩罚。"

青乌在一边吃猪头，咀嚼猪耳朵的声音"嘎吱嘎吱"，在安静的室内十分明显。

袁峰听老巫师说完，开口道:"那个寨民做了什么？他为什么那么怕他？"

老巫师这次没再回应，只是撑着手杖站起身，说:"我去给你熬药。"

走到门口，他望了望青乌，语气崇敬许多:"今天多亏有您在。"

青乌抬起头，看他一眼，眼眸弯弯，没说话。

老巫师似乎很想同他说说话，可又似乎敬畏忌惮，最终安静退出去，门关了。

袁峰躺在了床上，已经丧失所有气力。

视线里，青乌探头过来，仔细打量他。

袁峰缓慢眨了下眼，青乌忽然往他嘴里塞了一半猪耳朵，说:"吃肉病就好了。"

袁峰半含着着那块猪耳朵，无声地望着少年。

猪耳朵很珍贵，一头那么大的猪也只有两只，那么贪吃的青乌却愿意分给他。

可……

袁峰把猪耳朵拿开，沉闷地说："你说过进山另算，进山要几头黑猪？"

从南巫寨离开前，老巫师对他说了一句话："他会受到惩罚，你不要再去追了。"

袁峰没应声，他背着青乌吃剩的猪出了寨子，沿原路返回，找到了自己的车。

几天不在，车上已经落了不少叶子。

袁峰打开后备厢，拿出背包，把车上的压缩饼干、手电、雨衣，还有些能用得上的东西都塞进了包里。

青乌站在一旁安静等着。

最后，袁峰拉开了驾驶室的门探身进去，小心解下了车玻璃前悬挂的挂件。

其实那不算一个挂件，而是一个手绳，手工编织，可以绕在腕子上好几圈。

那是袁媛编的，是一年端午送给他的，五彩的绳子，上面坠着纯银做的铃铛，晃动时会叮当作响。

他把绳子揣在怀里，锁上车门，抬步走向青乌。

青乌转身走在前面，带着他向深山而去。

苍莽的原始森林覆盖在黔州连绵起伏的十万大山上，不见底的潭水、瀑布、野兽、毒虫、变化多端的天气，让袁峰第一次直面大自然的恐怖。

袁峰一脚踩空，从坡上滚下，沾上一身泥水。天上的雨不断下着，青鸟回身，半跪在地上向他伸出手。

袁峰抓住，借力爬上去。

这是他们进原始森林的第五天，天将要黑下来，青鸟带他找到了一个山洞。

洞口被草木藤蔓掩埋，十分隐蔽，袁峰自己肯定寻不到，进去后，发现这个山洞深不见底。

他们就在洞口休息，洞里十分静，外面的雨声都小了，袁峰坐下来，闭上眼睛，低喘着休息。

青鸟从洞口收集了干树枝树叶，点起了火堆，坐在他身边，说："老板，您冷了吗？"

山洞阴凉，山里温度低，即便这是盛夏。

袁峰说："我不冷，你冷吗？我找衣服给你。"

青鸟轻松道："我不冷。"

袁峰还是把防水包拉开，从里边翻出厚衣服，披在青鸟单薄的肩上。

收手时，发现青鸟正看着他，目光明亮静谧。

火光跳动，将两个人的影子映在石壁上，两个人静默对视着，谁也没说话。

半晌，袁峰轻轻开口："青鸟，你身后是什么？"

青鸟转过头看向后面，石壁上画着一些奇特的纹路，像某种古老的图腾和文字，但却并不是袁峰知道的任何一种。

青鸟看了眼，随口说道："是很久以前存在过的一群人的文字，后来他们消失了。"

袁峰对这些东西不感兴趣，他满脑子只想找到那个人的踪迹。

他收回目光，心不在焉接话："上面说了什么？"

青鸟裹着他的衣裳，仰头看那刻了一面山壁的奇特文字，开口道："说他们的部落是上古蚩尤的残部，在此守卫蚩尤的灵柩，等到以后有一天要带着蚩尤的灵柩回到黄河之滨。"

袁峰听说过这个说法，听说南巫人祖先也是蚩尤部落的，他们败给黄帝后逃进了黑洋大箐，也就是今黔州十万大山的腹地。

文明衰落又兴起，有些故事就只能在传说中寻到。

袁峰把身上的衣裳烘干，坐在火堆边上打瞌睡。

外面的雨不知什么时候停了，半夜，他迷迷糊糊醒过来，火堆仍燃着，青鸟正坐在他身边，手上拿着一块东西在啃。

袁峰困倦地说："青鸟，你在吃什么？"

青鸟转过头来，袁峰看清了，他的手上抓着一只黑乎乎的东西。

那是一只蝙蝠。

袁峰一下惊醒，猛地坐起来，一旁的青鸟用乌溜溜的眼疑惑地看他，手上正捏着一块腊肉。

刚刚是梦。

袁峰松了口气，把他手上的腊肉拿走，皱眉淡淡说："不要吃生肉。"

青鸟瞪眼看他，隔了一会儿，耷下肩膀，拨了拨火堆，说："老板，您又做噩梦了吗？"

袁峰不语，蜷起腿，沉闷地将头抵在膝上。

青鸟将那块腊肉烤上了，香气渐渐弥散。

耳边有青鸟拨弄火堆的声音，噼噼啪啪的轻响，在这与世隔绝的大山里，青鸟是唯一陪在他身边的人。

这条路真的太孤独，有时候他会恍惚，忘了自己在做什么，也忘了自己为什么活着。

青鸟撑着腮发了一会儿呆，半晌，无聊地开口道："老板，您的家乡在哪里？"

一直一动不动的袁峰抬起头，垂下眼眸，静静望着跳跃的火光。

"黄河之滨。"他答道。

07

清晨醒来，青鸟没有带他出去，而是顺着那条深不见底的山洞向里面走。

高功率手电的光线几乎被黑暗吞噬，袁峰跟在青鸟身后，明显察觉看起来逼仄的山洞越来越宽阔，周围空气越来越湿润，有流水从石壁滴落。

往前走了约半个小时，眼前豁然开朗，他看到了一个巨大的地下洞穴。

翡翠绿的地下暗河在地下世界里幽寂无波，抬起头时，高大洞顶奇形怪状的钟乳石低垂，手电筒照过去，水面倒映出幽绿光芒，这个空间太大，他们在的位置只是数不清孔穴中的一个。

在鬼斧神工的大自然面前，人类如此渺小。

青鸟率先跳下了溶洞，转头说："从他留下的痕迹看，一定是向这个方向来了，从这里过去，就是另一座山，会快一点赶上去。"

袁峰跟着跳下去，地底的湖面如同一块规整的人工池塘，湖水深不见底，中间有羊肠小道供人穿行，这里常年不见光亮，地下洞穴的生态系统有自己的平衡。

袁峰的脚下爬过一只腿长得密密麻麻的软体动物，只看一眼就让人头皮发麻，它是否有毒性，似乎从表面就能看出。

青鸟似乎很熟悉这种地方，在这种静到压抑的地方，他背着手蹦蹦跳跳越过水潭上凸起的石头，在对面站定，转身笑着等袁峰。

青鸟身上有一种能让人安心的独特魅力，袁峰迈步，甩开往他靴子上爬的虫子，走向青鸟。

"老板，你们那里有什么好东西吗？"青鸟的声音清亮，回荡在空旷的山洞里，形成回音。

袁峰持着手电，警惕地打量周围环境，开口道："有很多好东西。"

青鸟问："有黑猪吗？"

袁峰顿了顿，看向前面穿着自己外套的异族少年，认真道："等有一天，你愿意走出黔州去看看，就带上我的钱包，按照身份证上的地址找到我的家人，他们会带你去吃那里最好吃的东西。"

青鸟停步，脚尖轻旋，看着他的脸，困惑地询问："老板，您只爱您的妹妹吗？"

袁峰愣住，许久没有回神。

他们在山洞里走了很久很久，看到阳光时，仿如隔世。

极度压抑的黑暗和寂静过后，宁静祥和的日光从山崖缝隙洋洋洒洒筛下，脚下落叶积了多年，松软厚重。

袁峰抬起头，看到悬挂了整面山壁的悬棺。

高耸的石壁截断风雨，这里的时光仿佛在很久以前就静止了。

破碎棺材与骸骨散落在地面，陪葬的明器上布满青苔，悬崖井字木架上的棺材古老而神秘，崖上树叶静静飘落。

青鸟抬步，"咔嚓"一阵轻响，挪开脚，发现不小心踩断了一块骨头。

他脸上表情没什么变化，没有敬畏也没有歉意，就像踩碎了一片枯叶。

"青鸟。"袁峰喉结滚动，轻轻开口，"他们是洞里记载的消失的那群人吗？"

青鸟随意"嗯"了声，蹲下身，眼疾手快地掐住一条悄悄向袁峰爬的毒蛇，说："我不知道他们什么时候死的，反正我找到这里时，发现他们都不在了。"

袁峰心口微滞，他低下头，看到青鸟把一条蛇远远扔到了一棵大树上。

青鸟拍拍手，站起身，说："我们走吧。"

袁峰目光落在被他踩碎的头骨上，忽然说："把他埋了吧。"

青鸟望向他，目光奇异，掺杂着几分莫名其妙："他们是上古蚩尤的部民，用悬棺是因为他们并不想埋葬在这里，他们期待着回到故土黄河之滨，再入土为安。"

袁峰垂下眼眸。

然后听到青鸟说："他们的血肉消散了，但头向东方，大概因为那里有他们的家吧。"

手腕被拉起，青鸟细白的手抓着他，笑盈盈说："我们走吧。"

"那时您已经清醒过来了吧？"峒家姑娘赞叹，"青鸟在开导你放下仇恨。"

中年男人却摇摇头，他沉默一会儿，开口道："青鸟只是在客观描述那件事，他没有开导我，就像他踩碎了那块头骨，却丝毫没有在意一样，他认为人死后就变成了泥土，没有任何值得在意的了。"

峒家姑娘问："他在说你死后，也不值得他在意了吗？"

木讷的男人目光定住，像是思绪忽然抽离，呆滞了片刻，自嘲道："他没说，但是我这样想。"

姑娘问："你最后找到了那个人吗？"

袁峰声音嘶哑道："找到了。"

那是第七天。

天空难得大晴，中午时，青乌在一个潭水边架起火堆，烤压缩饼干和肉罐头。

他的肉都已经被吃光了。

袁峰去树后面换了身衣裳，回来时，忽然看到风平浪静的林间有一簇草晃动，就距离青乌不远。

这是原始森林里，袁峰几乎立刻就警惕起来，那里或许有某种野兽。

而他反应过来的同时，一只巨大的野猪从草丛钻出，向着青乌的背后走去。

那一刻，他几乎没有思考，利落拔出腰上的刀，一跃而起，横踩树身，飞扑上去。

野猪疯狂的嚎叫声震动林野，刀刃深深刺入野猪的脖颈，同时，青乌转过头来，瞪大眼睛看向袁峰。

"老板！躲开！"青乌大声叫道。

袁峰无暇说话，他被野猪的横冲直撞弄得气血翻涌，他拔出刀，再次狠狠插进它的血肉。

他只想让这头野猪远离青鸟。

野猪疯狂地在林间乱窜，袁峰咬紧牙关，试图寻到机会脱身。

下一瞬，他被野猪狠狠撞在了树上。

血从唇角溢出，他想要推动，却发现那看起来重达千斤的野猪非常轻。

定睛一看，忽见野猪飞速被拖走。

袁峰用指腹蹭掉唇上的血迹，静静看着拖走野猪的东西，那是黑棕色的植物，像藤蔓一样，将野猪捆得严严实实。

青鸟站在十几步外，他的五指消失了，取而代之的是奇异的木头，探出去，变成了藤蔓一样的东西。

他走到野猪身边，那只凶残的野猪却仿佛对他没有任何恶意，呼哧呼哧喘着粗气。

青鸟触上野猪的伤口，看不清是敷上了什么东西，血止住了，然后"藤蔓"如灵蛇一样散开。

野猪站起来，没再理会袁峰，飞奔进了丛林。

周围的虫鸟鸣叫又回归了耳朵，袁峰靠在树上，静静看着那一幕，脸上表情平淡，如他们初见时一样，带着陌生、审视。

青鸟的手恢复了寻常，他走向袁峰，步履犹豫小心。他观察着袁峰的脸，微张双臂，是一种示意自己没有威胁的姿态。他轻声道："袁峰。"

这是他第一次叫袁峰的名字。

袁峰眯起眼问："青鸟，你到底是什么？"

青鸟没吭声，鼻尖微动，目光忽然望向不远处。

袁峰起初什么也没察觉，将染血的刀在肘间衣袖上擦干，走向青乌。

山风拂动青乌头巾上的细穗，他轻轻说："老板，找到了。"

袁峰心神剧颤。

自从袁媛出事以后，袁峰每一分每一秒都没有放弃找他。

他想过无数次两人对峙的场景，却想象不到是在原始森林的一个天坑里。

这里距离最顶上有百余米，地下暗河静静流淌着，袁峰顺着登山绳向下滑，吊在半空中看那个伏在石头上无声无息的人，他心底的戾气几乎控制不住。

青乌已经先一步下去，蹲在那个人身边查看。

袁峰跑过去时，青乌把人翻了过来。

那人脸色青黑，眼珠几乎凸出来，显然已经死了很久。

那个监控里的人，那个连续捅了自己最珍爱的妹妹十几刀的人，他就这么死了。

那一瞬，袁峰忽然觉得，支撑着他全部信念的东西全部崩塌，所有仇恨消失殆尽，只有茫然。

他呆立在一旁，目光从他的身上一寸寸看过，确定他是摔死的，身上的骨骼都已经扭曲，裤腿微微掀起。

袁峰目光微顿，沉沉望着他的右腿。

那条右腿的皮肤仿佛树皮一样紫黑，腿极细，细得令人恐惧，袁峰忽然想起了青乌说的篾片蛊，中蛊的人腿会变成鹤腿的模样。

他思绪纷乱，觉得可笑又愤怒，夹杂着无处宣泄的压抑。

他往后倒退半步，摔坐在了地上。

172

青鸟走过来，在他身边蹲下，轻声说："老板，你不高兴吗？"

袁峰沉默着摇头。

青鸟奇怪地问："你已经找到了，为什么不高兴？"

袁峰仰起头，望着天坑外高远的蓝天，轻轻说："杀死袁媛的，有两个凶手。"

青鸟挨着他坐下，语气天真困惑："我不太懂。"

袁峰没再说话，呆呆望着天，守着那具尸体，待到了漫天星辰出现。

青鸟靠在他肩上睡着了，袁峰肩膀僵硬，却一动没动，轻轻低头，注视青鸟艳丽的脸。

夜色中静谧的薄光里，青鸟毫无征兆地睁开了眼，与他相视。

"老板，"良久，青鸟轻轻说，"我们走吧。"

青鸟站起来，向他伸出手。

袁峰沉默了很久，最终将冰冷的手攥上了他白皙的掌心。

他在大山里又走了许多天，跟着青鸟，没问去处，也没再说过一句话。

青鸟蹦蹦跳跳走在山路上，快乐自在，这里的一切他都那样熟悉。

一天早晨，他随着青鸟来到了一个地方，绝壁拔地而起，山间大雾弥漫，叮咚水流叩响清晨，袁峰在山壁下、水流边和云遮雾罩间看到了一棵树。

那是一棵开着花的高大的树。

双人合抱的树上开着浅色的小小花朵，生机勃勃。袁峰缓缓走近，伸手触碰它的树身，风轻轻摇晃枝叶，他仿佛透过这棵陌生品种的树，触摸到了大山的脉动。

他靠着树身坐下，木然望着幽静的山谷。

几只羽毛美丽的飞鸟从空山飞来，落在青乌的肩上与头上，它们像是相识。

青乌没再理会袁峰，他脱掉鞋，走到水流中，感受着冰冷的水流。

袁峰空洞的目光，渐渐落在他的身上。

他的干粮快吃光了，只剩下一袋压缩饼干和一盒罐头。

他没有动，都留给青乌。

这里的夜幕不知第几次降临了，青乌又在水边架起了火堆，袁峰坐在火堆旁，脸上的肉已经慢慢消减，脸色苍白，连温暖的火光也无法染上色彩。

水里传来一阵哗啦声，冰凉的水珠溅在袁峰的脸上，他转头看过去，青乌从水面钻出。

他浑身湿漉漉，眼睛却乌黑晶亮，他双手捧起一只活蹦乱跳的鱼，递至袁峰面前，笑着说："给。"

鱼甩出的水珠溅了袁峰一身，他没看那鱼，只静默望着青乌的脸。

多日不开口，他的声音嘶哑难听，他抹掉青乌精致眼尾的水珠，温柔地说："出来，别着凉了。"

青乌泡在水里，趴在水边石头上，歪头看他，笑吟吟说："我不会着凉。"

有些事，即便袁峰万念俱灰也想知道，他低低问："青乌，你是神明吗？"

青乌眨眨眼，很坦诚地说："我是那棵树。"

袁峰转头，那棵漂亮的树在夜色中静静矗立。

如果是平常，袁峰是不会信这种不着边际的话，可这个时候，无论青乌说什么他都会信。

袁峰笑笑，火光下，年轻男人终于流露出一点属于这个年纪的神采，他问："你是什么树？"

青乌瞪大眼睛："您不认识吗？我是一株红豆杉。"

袁峰开玩笑道："我不太了解黔东南的植物。"

青乌笑了起来，趴在岸边烤火，眼睛弯弯。

这里只有他和青乌，这个世界已经与他无关了。

他把青乌捕的鱼放生，垂眸说："青乌，我死后，可以埋葬在你脚下，变成一抔泥土吗？"

青乌抬起头看他，无比认真地说："老板，您应该回到您的故土去。"

袁峰下颌绷得很紧，没有说话。

青乌毫不留恋地说："四十天，我们的交易该结束了。"

袁峰攥紧掌心。

天空星辰烂漫，黔东南的夜色美到令人沉醉。

山谷幽静，袁峰站起身走到树下，从怀中摸出一根五彩绳。

银铃在夜色中细细作响，他抬手将那根五彩绳一圈一圈缠在树枝上。

风吹铃动。

他坐下，靠在青乌的身上，静静仰头望着漫天的星星。

再醒时，周围声音混乱嘈杂。

他缓缓睁开眼睛，眼前陌生又熟悉的地方让他满心茫然。

峒寨鼓楼，上建宝顶，下设火塘，中间楼身为多重宝塔形层层叠起。

清晨，鼓楼下围着一群寨民，他们围着袁峰，用夹杂着口音的普通话问他："你怎么样？"

袁峰木然地扫过周围的景物，想起这是与青鸟初遇的地方。

仿佛只是那天他来到峒寨，靠在鼓楼下，做了一个长长的梦，梦醒了，什么都不见了。

手臂微微垂落，他的怀里掉下一样东西。

那是一个精致的女式钱包，他缓缓展开，袁媛和自己的合照存在钱包里，他俩凑在一起，笑容明媚幸福。

一滴泪毫无征兆落下，这张曾被抢走的照片背后写着一句话："最爱的哥哥。"

08

他又去了青鸟存下肉的峒寨，还有那个南巫寨，肉已经被取走，南巫寨里，老巫师不肯对他泄露青鸟的半个字。

他崇敬青鸟，就像崇敬自然与神明。

他开走了自己的车，那辆被丢弃在山间、陪他跨越大半个中国的车。

在那之后，他被神明遗忘。

"青鸟到底是什么？他真的是一棵树吗？

"他真的存在吗？

"您要去哪里？"

暮色降临，山间梯田上方渐渐凝聚雾气，大山寂静。

姑娘走上坡回头望，和姑娘相反的方向，无边无际的梯田小路向大山深处延伸，那个中年男人的背影渐渐隐在了青黑墨色里。

那是十万大山的方向。

那个讲了一下午的奇幻故事已经终结。

姑娘仍回不过神来，片刻后她摇摇头，抬步离开。

"你的家在哪个方向？"

"那里。"

"那里？"

"不，那里。"

那个方向，二十几年，几万里路、上万书籍、千百传说，没有寻到关于他的一丝踪迹。

甚至那些曾见过他的寨民，都已经把他从记忆中抹去。

你要是问袁峰青乌到底是什么？袁峰会说，他是大自然。

他是大自然本身，奇幻而纯真，质朴而神秘，顺应着时光，生长在无人踏足的神域。

他真的存在过吗？没有人相信他的话，但他知道青乌真的存在，神明真的存在。

袁峰不知进过多少次十万大山，他想要沿着曾经的记忆寻找，但是最终都会迷失。

他年纪已经大了，不像年轻时那样敏捷强健，他孤身行走在深山里，天上又下起了小雨。

初春的雨透骨寒，他套上雨衣，手脚并用地攀爬。

林间灌木藤蔓密集，毒虫猛兽出没，没有青乌，对一个普通人而言，这种冒险是致命的。

但是袁峰没想过后退，他独身一人，闯进了无人踏足的原始森林。

进入以后，他所有的通信信号全部消失，电子设备全部失灵，与现代社会完全脱离。

这是第几个日出日落？袁峰没有概念。

这个木讷的中年男人仰头看着云雾缭绕的山峰，吸吮着叶片上的晨露作为水源。

夜里又下起了雨，他找到一个山洞，在里面躲雨。在这样恶劣的生存环境下，他想的不是周围的危机四伏，而是一些旧事。

七年前，他去参观一个黔州的科考展览，那里有远古的鱼龙化石，还发现了一种古老文字，雕刻在古老的岩壁上，据说至今没有人能够破解。

袁峰走到那张照片前，一寸寸看下去，强烈的激动几乎让他站不稳。

他趴在透明玻璃上，嘴唇微动，艰涩道："是蚩尤的部族。"

一旁的学者停步望向他，期待地问："先生，您认识这种文字吗？"

袁峰不认识，他只是见过。

学者叹息道："这种文字应该来自三千年前，当时的文明应该在千年前就已经衰落。"

千年……

袁峰想起那个山洞里，青鸟仰着头，一字一句念给他听。

那些陌生的文字，青鸟认得。

青鸟说，他找到那里时，那里的人已经消失，他与他们相识吗？

南巫寨已经过世的老巫师，他还记得他对青鸟说的那句话——"已经做了六十年了。"

而青鸟说的是——"你终于变成巫师了。"

青鸟他多少岁了？与那株千年红豆杉同寿吗？

袁峰轻轻抬起头，山洞里阴冷死寂。他想，若青鸟再见到他，还会不会认出他的脸？

真难过，袁峰只是个普通人，他已经老去了。

天亮了，袁峰走出山洞，观察周围的环境，片刻后，抬步继续前行。

离线地图记载着他深入过的每一次路径，他这一次如以往一样，避开曾经的错误路线。

或许前些次全身而退的幸运已经耗光，这一次他在山里遇到了大雨。

天阴沉昏暗，路上泥泞坎坷，他不得不寻找躲避的地方。

然而大山里，他不熟悉路，根本没法躲藏。

他从山坡滚落，腿与胸膛狠狠撞在石头上，脸上被划出道道血痕。

停下时，他连爬起来的力气都没有了。

他躺在污泥里，大雨冲刷他的身体，灌进他的耳朵。

他无力地转动眼珠，却忽地定住，他看到了一个山洞——就在几步外。

那个形状……

袁峰狠狠地向那个方向爬，拨开丛生的灌木，露出一个洞口，手电光线照进去，他看清了石壁上雕刻的奇异文字。

他找到了！

他爬进山洞里，狂笑着，慢慢地，他垂下了头，静默无声。

他找到了曾经去过的地方，但是接下来的路，他仍没有概念。当时他只记得跟着青鸟，从未自己记过路。

从长长的洞穴出去，悬棺仍在崖壁上等候千年，袁峰无言地向前走。

胸口闷疼的感觉越来越明显，他摔下来时受伤了。

又走了几个日夜，雨一直淅淅沥沥没停，他又迷失了方向，身体越来越难以坚持，直到一天，他剧烈咳嗽以后，发现吐出了血。

他垂眸静静看着那抹血色，用袖子擦干，没有理会。

天空终于放晴，袁峰走在湿滑的石头上，欲要攀过这座大山。

或许，这是他这辈子攀过的最后一座山了——他已经坚持不住了。

军靴踩在山石上，脚下是陡峭的山谷，他用尽力气扒住上面横长的树。

手紧紧抓住，借力向上爬。

耳边仿佛又响起了峒家姑娘的疑问："您要去哪里？"

"我去……"袁峰背着硕大沉重的行囊，满身狼藉，他轻轻说，"朝圣。"

"咔嚓——"

树身断裂的声音如同惊雷刺入魂魄，脚下湿滑的石头滚下山谷，整个人的身体不受控地坠落。

就像黔东南山间的一片枯叶，他轻轻坠落谷底。

登山包里的零食滚落一地，鲜血渐渐从口中溢出，他躺在圆滑的大石上，静静望着天空日光洒落。

宁静的阳光铺满山间每一寸角落，也无私地晒在他的身上。

袁峰面容平静，眼前的视线渐渐开始模糊失焦。

他用尽全身力气，抬起手。暖阳轻轻透过他的指缝，柔和安详。

"吾欲……"

他的声音仿佛断线的风筝那样轻，无依无着地消散在黔东南的深山里。

"吾欲……上谒……从高山，山头危险……道路难……"

他的手无力地垂下。

"丁零——"

"丁零——"

悦耳的银铃声仿佛来自天外，他不甘心闭上的眼睛里映入一抹蓝。脚步渐渐走近，他恍惚看到了白皙的脚腕上银铃碰撞。

他走到了生命的尽头。

"扑通——"

"扑通——"

已经停止跳动的心脏渐渐有了复苏的迹象，无数根系从他的身下生出，插进他的身体。

如藤蔓一样刺入他的心脏，模拟着跳动的频率。

穿着南巫服饰的少年，半蹲在他的身侧低头看他。

躺在地上那人，无神的眼眸忽然出现一丝震动，袁峰的眼睛忽地转动，目光落在身旁出现的那人身上。

他十七八岁的年纪，容貌艳丽惊绝，穿着一身丝绸的南巫服饰，与他记忆中的青鸟一模一样。

他缓缓嚅动嘴唇，无声道："您……"

少年微微俯身，将耳朵贴在他的唇边。

轻的像羽毛一样的声音喃喃道："您还……记得我吗？"

"袁峰。"

少年弯起眼睛说："我怎么会忘记你呢？"

五月份，峒寨旅游进入了旺季。

峒家姑娘在街上闲逛时，与两位游客擦肩而过。

她微微驻足，疑惑地转头看，她总觉得其中一个有些眼熟。

追上去看时，却被他身旁笑容明艳的少年吸引了全部注意力。

他长得那么好看，就像黔东南的山水画卷，不似真人。

四十多岁的中年男人步履稳健地走在他身旁，背上背着的行囊已经破旧并瘪下去。

他们两人沿着长街走，走过鼓楼，向着寨外而去。

飞鸟飞越鼓楼上方，坠入群山，河水潺潺流过身边，她猛然停步，震惊地盯着两人离去的方向。

那个奇幻故事里存在野性与浪漫，她似乎窥到了无人知晓的结局。

完

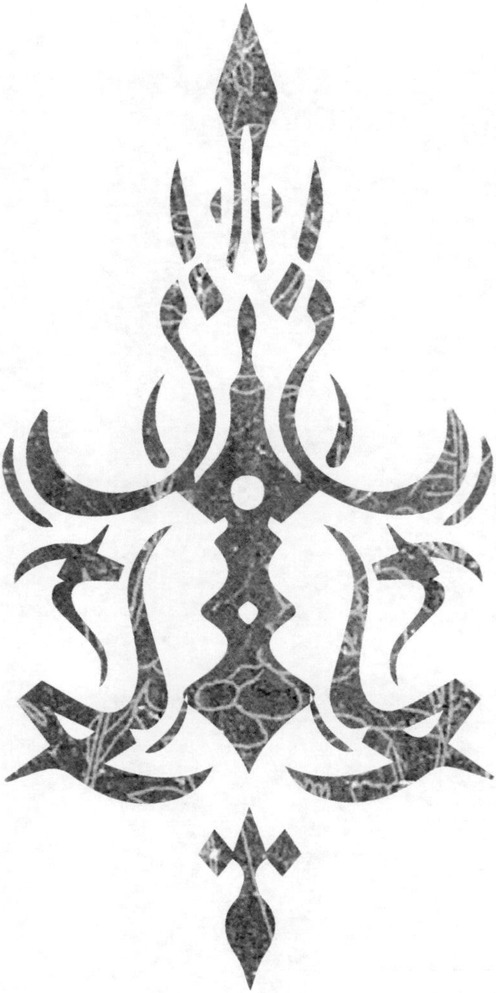

这个牵着驯鹿行走在自然间的森林的孩子,有着浑然天成的诗意。
　　如果世界上真有舍文,安宁相信,在那一刻祂愿意为了阿穆勒降临。

「森林

Senlinzhigu

文 / 谷草转氨酸

擅长神秘悬疑题材创作，脑洞很大，时间很少（敲敲），正在外出取材中。

之骨」

赤诚真挚大学毕业生 **安宁** × 沉静睿智少年大萨满 **阿穆勒**

森林之骨

文 / 谷草转氨酸

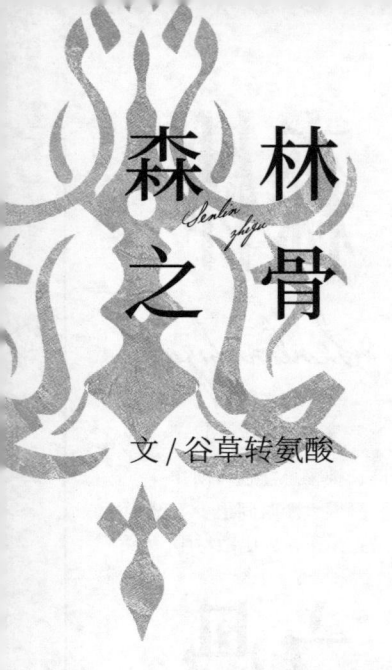

01

从面包车上下来，安宁扶着围栏晕头转向了半天。再回过神时，抓着围栏的手差点和铁杆冻在一起。他手忙脚乱地搓了搓发烫的额头，估摸着自己大约是发烧了。

暴风雪几天前刚停，进入敖鲁古雅定居点的大路已被压成一片平坦的冰途。这里远离旅游景区，是驯鹿族人下山后的定居点之一。同车几人自根河市返乡，大多归心似箭，下车便拎着行李小跑向自己红顶白墙的家。

在车上和安宁唠了一路的老叔倒很关切地站在旁边，背着手大大咧咧道："安书记你没事吧？走吧，上家去吃点啊？"

"不用了不用了。"安宁连连摆手，"我去乡招待所住，再往前走走就到了。"

"走吧，吃点吧。"老叔自来熟地揽过他的肩膀，安宁闻到他身上带着一点点陈旧的酒气。他刚想再拒绝，老叔拍着他的肩道："你不是要找大萨满吗？我见过他。"

十多分钟后，安宁坐在了老叔的家里。他那面色酡红的妻子名叫花格，她给安宁倒了杯滚烫的开水，喝下一口，安宁的身子终于热乎起来，他忍不住长舒一口气。现在敖乡的条件越来越好了，屋里火炕烧得正旺，温暖令人面色发烫。玻璃窗上结着一层厚厚的冰花，将刀子似的寒风关在门外。

老叔向花格介绍安宁：大学生村官，叫他书记，实际上是书记助理。南方人，不耐冻，还没到敖乡，人已冻发烧了——越说越没边际了。安宁打断他道："我听乡上说，驯鹿族的大萨满突然又出现了？还是个年轻人，听说，只有十来岁？"

"是啊是啊，书记，你问我就问对了！"花格盘着一条腿，说起旧人，显得很兴奋，"好像是年纪很小嘛。我认识他姥姥，他姥姥是那咩伦！我小时候找那咩伦看过病的。"

安宁一听，忙劝说："生病要去乡里看医生的呀——那咩伦是什么？"

"那咩伦是小神，萨满是大神。"老叔插话说，"那咩伦只供娘娘神。"

"原来是家族传承。"安宁小声自言自语。

这一小会儿工夫，花格就张罗着要做饭给安宁吃，安宁连忙阻拦，转移两人的注意力道："我听乡上说，大萨满是十五岁生了场病，就突然成了萨满。我算了算，他应该还在上学吧。九年义务教育接受完了吗？"

老叔和花格面面相觑。安宁说着说着，自己燃起斗志："我这次过来，就是要把他从山里抓回来，送去上学！"

第二天下午回到乡招待所，安宁瘫倒在小窄床上，久违地感到了一丝绝望。

大雪封路，敖乡的寒冬天黑得很早，才下午已经泛出蒙蒙的灰色，但到处银装素裹，所以这里的夜晚非常明亮。这一天安宁在定居点四处走访，才知道大萨满在三天前就从深山里回来了一趟，补充完了必要的物资，早已动身起程回了山沟。

安宁是特意选在大雪封山的时候过来找他的。因为这位少年大萨满极少离开深山，但在这样滴水成冰、风雪无情的日子里，就算是森林之子的大萨满也要回到定居点补充物资。

安宁错过了，短期内，他恐怕不会再回来。

不过，安宁从族人口中知道了大萨满的名字。他叫阿穆勒，一个很美的名字。

要回去吗？现在的天气，来时那个驾驶经验丰富的面包车司机也不肯上路。何况，安宁调来工作的第一年就曾发誓：在他的辖区里，不能再有任何一个辍学的孩子！

窗外凛风呼啸，窗框发出嘎吱嘎吱震动声。安宁在小床上翻来覆去，敖乡真的太冷了，在屋里，他的五指也微微发木。那个叫阿穆勒的少年，在今夜的严寒中，又会怎样度过呢？

半晌，旅店的房门被人敲响了。安宁过去开门，招待所的前台打着哈欠，边揉眼睛边说："安书记，有人找你。"

"有人找我，现在？"安宁一个激灵，首先想到的就是阿穆勒。但很快前台便打破了他的幻想，那人指指布满银霜的窗户，天已经完全陷入黑暗。附近唯一一盏路灯投下橘色的光，有个戴皮帽穿皮靴的中年人叼着根烟踩着路灯下自己的影子。

"那是谁啊，你认识吗？"安宁下意识问道。

"是个猎人，叫赵长松。"前台介绍说，"这里没剩下几个人还会进沟里打猎了，他挺厉害，会用弩，能打点兔子什么的。"

"我知道了。"

安宁裹紧身上的羽绒服，踏着风雪出去。走近那个中年人时，他正把烟头丢在地上，用皮靴踩灭。安宁注意到他眉毛下有道浅浅的旧疤，不知是被什么划的。他叹了口气，从兜里拽了张卫生纸把烟头包起来扔进垃圾桶，这才冲中年人道："长松大哥？"

"嗯。"那人应了声，也不废话，开门见山道，"我听说你在找大萨满？"

"是。"安宁点头。敖乡缺少娱乐设施，这点新鲜事，一天时间足够传开了。

他主动说："他这个年纪，应该在学校。而不是在山沟里，养驯鹿，供奉神。"

赵长松不置可否，他的身上也有一股淡淡的、似被酒腌渍过的味道。很长时间他都没有说话，安宁从招待所出来没戴手套，这会儿冻得直搓手。他摸不清楚赵长松的态度，一时也没再讲话。好久，赵长松突然说："你这小身子板，能成？"

安宁先愣了下，随后意识到了什么，略微激动道："您放心，我身体其实好得很！"

"我知道大萨满平时大概在什么地方活动。"赵长松又沉思片刻，然后缓缓说，"暴风雪刚停，他不会走太深。驯鹿要喝水，他的希楞柱，不会离水太远。而且……"

赵长松说到一半，瞥了安宁一眼。他抬脚碾了碾地上的雪，抬手指着进山的方向:"明天天亮,我在那里等你。"

被冰雪长久覆盖的地方,总是令人找不到天亮的界限。从荧蓝亮起,整个天地间都闪着晶莹剔透的银光。安宁背着户外包走到约定的位置,赵长松似乎已等待多时了。

他不是第一次进山,但确实还是第一次独自跟着向导进山找人,因此有些故作轻松的紧张。赵长松则显得稀松平常,他只带兽皮做的行囊,腰背粗壮,腰间挂着银酒壶和水壶,棉袄下鼓鼓囊囊。

山沟被铺天盖地的大雪覆盖,安宁深一脚浅一脚跟着赵长松。森林深处无比宁静,越走越只能听见簌簌雪声和呼吸心跳。安宁的嘴里呵出白气,树上的冰挂偶尔被一阵风吹出清脆的叮当声。实际上,如果驯鹿族人还出现在森林中,那这并不算一个难熬的冬季。他注意到,蘑菇、石蕊和苔藓仍然顽强地生长于树林间。驯鹿是温驯而强壮的动物,只是,在这里,恐怕只剩下大萨满、那个名叫阿穆勒的少年还会摇动着铃铛召唤驯鹿了。

在路上,赵长松忽然主动开口说:"我觉得,未来肯定在外面,不在山里,也不在舍文里了。"

安宁知道"舍文"是驯鹿族语里萨满供奉的神灵。作为一个在城市里长大的大学生、唯物主义者,安宁赞同赵长松的话,却敏感地从中品味到了一丝悲观。

又过了须臾,赵长松继续道:"你知道吗?大萨满的姥姥曾经是那咩伦,她给我治过病。书记,你知道那咩伦是什么吗?"

安宁吸了口干冷的雪气,点头说:"大概知道,乡上有人同我说过。"

"那是我小时候。有一次,我宰了一只小羊,然后就看不见了。"

那时已经没有萨满了,舍文就像消失了一样,不再挑选任何一个继承人。那咩伦说,小羊的乌麦趴在我背上,所以我看不见了。"

"乌麦,就是灵魂。"

赵长松砍开虬结的枯枝,清出更好走的坡路让安宁通过。安宁气喘吁吁,他却走得很轻松。赵长松大抵曾经也是"森林的孩子",安宁想。他停下来喘了口气,问:"然后呢?"

有一片雪花落在了安宁额上。

"那咩伦也会用羊的肩胛骨占卜,她治好了我的眼睛,但我也付出了一些代价。"赵长松说。

安宁应了声,他其实并不相信通过跳神可以治病,即便是他们的本族人,现在也很少有人生病了跑去求助萨满,而是到乡卫生所看大夫了。但听上去这些事情离安宁太遥远了,在那个年代,也许他们别无选择。

"那咩伦活了很久很久。"赵长松说话的时候,一片硕大的雪花飘落到他嘴旁,被他吹开。他加快脚步,"那咩伦喜欢讲故事,她说,森林里充满了人们想象不到的宝藏。只要森林还在,就取之不尽用之不竭。那咩伦是很有智慧的一个人,我们叫她萨伊沙,就是知识分子。"

"你觉得那些宝藏会是什么呢,书记?"赵长松回头,在一片雪光中,他的眼睛闪闪烁烁,"我觉得,应该是入侵者退走时偷偷留下的宝贝。我见过她有一把纯金做的梳子和一个银匣。"

安宁一愣,有些尴尬。想了想,他还是说:"听乡上以前的老干部说,深山沟里确实有些他国情报员遗留下来的藏身之处,里面还有炮弹呢,用油布封着。发现了要赶紧联系林警的。"

"哈哈,这帮狗贼。"赵长松说着,蓦地推开安宁,"书记,小心——"

安宁脚下一滑,险些摔倒。在他原本站着的位置,树上的一根冰挂砸落下来。好险,要是正好砸在头上,恐怕就得去卫生所缝针了。

安宁不由自主抬头看向天穹,他发现,天变得异常灰白而朦胧,像是一片巨大的棉花罩在上空,没有边界,也没有尽头。四周传来呼呼风声和冰凌碰撞的碎响,在两人说话间,鹅毛大的雪悄然落下,他的肩头和鞋面已经白了。

"快走吧,书记。"赵长松说,"老天忽然变脸了。"

两人继续向山沟深处进发。风越吹越大,很快安宁便有些睁不开眼了。他把棉围挡裹好,牢牢包住额头和下颌,只留眼睛在外面。两人无暇再说话,赵长松走得很快,但似乎也不算轻松。他弓着腰,身形几乎被大片大片的雪花盖住,就连安宁身前那串长长的脚印也眨眼便消失了。

安宁围挡下嘴巴呵出的热气渐渐濡湿了棉布,没多久又被骇人的温度冻成一层薄薄的脆冰。差不多快找不到前方赵长松的身影了,他想喊他一声,不过,停下来歇脚,两人都有可能会遭遇更多未知,此时此刻唯有相信经验丰富的猎人向导。

糟糕的是,安宁蓦地浑身一阵发热,那一瞬间,热得他有种自己能一口气冲过去赶上赵长松的错觉,身体骤然涌进一股亢奋的力气,随后双腿一软,全身的皮肤都刺痛起来。安宁心里咯噔一声,控制不住地跪倒在了雪地上。他再顾不得别的,拼尽全力大声呼喊道:"赵——赵长松——"

呼喊与呵气像是立刻就被冻住了。安宁晕头转向,努力扶着树干从地上爬起来。只是一低头再一抬头的工夫，他发现，赵长松不见了！他不在前面了。

安宁顾不得慌张，立刻又大声呼喊。风雪隔着结冰的棉布灌进喉咙，刀割似的干冷。良久，他听见一个声音似远似近道："安书记——安书记——"

心里先是一喜，安宁连忙回应了几声。只听见那呼喊再次传来，却分不清东南西北，究竟在何方。他有点慌乱起来，暴风雪的山林中传声很好，但极易迷失方向，即便赵长松真的离自己很近，两人也有可能被雪幕隔绝，根本找不到彼此。

身体渐渐一阵发冷，一阵热得惊人，安宁知道这是失温的前兆。他勉强倚着树干站稳，赵长松的呼喊声还在四周回荡，他却分不清自己的视线究竟是模糊还是被风雪覆盖了。

纷飞而下的大雪落进眼中的刹那，安宁陷入了彻底的宁静。

02

再睁开眼时，天黑了。如安宁记忆中似的，那不是彻底的黑暗，四处笼罩着缥缈而迷离的雪光。寂静无声，仿佛天地间只剩下了自己一人。安宁倚着桦树坐在地上，他盯着自己的鞋面迷糊了几秒钟，内心一阵绝望：赵长松不见了。

等他抬头的时候，却后知后觉瞥见，不远处有一簇摇曳的火光。他看向那个方向，终于发现，在自己身前不远处的黑暗中，伸展着一对优雅舒展如树杈的鹿角。一只巨大而洁白的驯鹿披着火光与雪色缓缓走出，停在了安宁身前。他抬起头，那只驯鹿上盘腿坐着一个戴鹿角帽的少年，正用一根手指轻轻拨开黑色珠链制成的流苏看向他。

少年垂着眼，保持着拨开珠链的动作，安静地垂眸凝视着他。在黑色珠链衬托下，他的脸同雪一样洁白，眼窝深邃，英俊如森林之子。他的脖子上围了柔软蓬松的毛领，腰间挂着铜铃与铜镜。在暴风雪停息的黑夜，少年如幻梦中走出的神灵，似乎发出一点点声音就会像惊走小鹿似的将他惊动。

安宁呆呆地望着少年，那一瞬间，他忽然懂了驯鹿族的部落为何对萨满如此崇敬。少年身上带着难以言喻的沉静，仿佛他就是森林本身。

安宁脱口而出道："阿穆勒……"

那少年缓缓放下珠链，略微抬头看了眼泛着紫红的夜空，轻声道："是很安静……"

他从驯鹿背上轻巧地跳下来，解开鹿身上的桦皮桶，从里面拿出了一只锡水壶丢给安宁。安宁手软腕疼，险些没能接住。只是这一动，才惊觉自己并非席地而坐，他身上裹着厚厚的兽皮遮风，隔绝了严寒，因此才没在雪夜森林中冻死。

安宁拧开水壶，喝上几口滚烫的热水，总算有种活过来的实感。他回忆着少年刚才讲的那句话，很标准的普通话，也没什么口音。来之前他有想过大萨满不太会讲普通话，昨天在招待所特意找前台又学了些驯鹿族语……

正在安宁胡思乱想之时，少年蹲在他身前，面无表情说："你是什么人，为什么进山？"

"我……"安宁愣了下，强撑着直起身子，正色道，"我、我叫安宁，是乡上的书记助理，我就是找你来的，大萨满，阿穆勒——"

他忽然挺直腰板，理直气壮地说："你，跟我回去，上学！"

他猛地扬高声音，阿穆勒先是不由往后缩了下。听见安宁的话，安穆勒似乎愣住了。他眼睛一眨不眨地盯着安宁看了须臾，蓦地扑哧一声笑了出来。

"好吧……书记。"阿穆勒笑起来，嘴角有两个浅浅的梨涡，"我就暂时相信你。"

连喝几口热水，安宁终于缓了过来。见阿穆勒不太相信自己，他立刻往背后够，要动手翻自己的包，"我真是乡里的书记助理，我有工作证——"

他的包不见了。

"我的包呢！"安宁冷汗差点淌下来，他脸顿时白了。

阿穆勒见状倒是哈哈笑了几声，他站起来，下颌朝着火光的方向扬了扬，说："在那边呢，我先放过去了。你的包太沉了，压得你一直往下打滑。"

安宁有些不明所以，但阿穆勒只是冲他伸出一只手，说："走吧。"

迎着那片温暖的火光，安宁跟在阿穆勒身后向前走。那只巨大美丽的白色驯鹿走在最前方，脖子上的铜铃悠悠叮当作响，像是森林中的王子。阿穆勒的手搭在它的颈间，不时抚摸驯鹿密实的粗毛。

火塘垒在桦树中的一片平坦之地，四周都是粗壮的树干足以避风。阿穆勒的希楞柱足够大，铺着厚厚的兽皮与灰白桦皮。

那希楞柱看起来坚实稳定，比安宁在景区见过供游客参观的可靠得多。阿穆勒为火塘添了些树皮，让它烧得更旺。他做这些时，安宁就傻傻地站在旁边看，接着他的胳膊被什么东西轻轻顶了一下。他转过头，那只驯鹿用鼻头碰了碰安宁的手肘，转身走了。

"亚兰喜欢你。"阿穆勒头也不回道，"看样子，你是个好人。"

安宁问:"亚兰是那只驯鹿的名字吗?"

驯鹿怡然自得走向树林深处,两人望着它的方向,阿穆勒点头说:"是的,亚兰是那些驯鹿的领头。"

到辖区工作已经快两年了,安宁仍然对眼前的一切充满陌生与好奇。

他忍不住又问:"那么亚兰是什么意思?"

"意思是'三'。"阿穆勒显得很有耐心,他用手势邀请安宁走进希楞柱。两人进去后,放下隔绝寒冷的门帘,他在吊炉旁的兽皮垫上盘腿坐下来,继续解释说,"三对我们驯鹿族人来说是很特殊的数字,就像你们汉人的文化一样。三包罗万象。"

安宁先是点点头,有些拘谨地在一旁也坐下来。他呆愣了须臾,微讶道:"嗯?你是说……你懂这个?"

"嗯。"阿穆勒的嗓音低沉而柔和,像某种古老的乐器声。他总是停一停,先做完手边的事情再回答。他把头上的鹿角帽与神遮取下,小心地收好,这才说,"懂一点点,汉人的文化里也认为,三生万物。"

安宁笑了笑,忽然不急着催促他跟自己回到乡里上学了。也许,他可以同这位年纪轻轻的大萨满好好聊一聊,他似乎很有趣。

希楞柱内比想象中还要温暖,有一股淡淡的皮革与木制品燃烧的味道。阿穆勒给安宁倒了一杯深色的茶,喝上去有点甜甜的,咽进胃里,连心都柔软起来。安宁的拘谨很快得以消散,他打量了一番希楞柱内部。阿穆勒经常带着驯鹿群迁往不同的营地,内部陈设很少,但很整洁,显得井井有条。不过,这里是大萨满的希楞柱,"玛鲁"被供奉在正中间,那是驯鹿族人的神,但祂被遮了起来,看不见真容。

见安宁看向玛鲁，阿穆勒也看了过去。良久，安宁犹豫着问他："舍文在你身边吗？"

阿穆勒笑了笑，淡淡地说："舍文无处不在。"

两人沉默片刻，阿穆勒站起来，开始用吊炉做饭。他大抵早就计划好了今晚吃什么，没有询问安宁的意见，很快便做好了一种放有肉制品的咸粥。应该是种驯鹿族的传统食物，是安宁从来没有尝过的味道，很鲜美。他很快就吃完了一大碗，吃得满头大汗。阿穆勒仍然不说话，又给他添了一碗。

安宁觉得自己从来没有吃得这么饱、这么满足过。胃里沉甸甸的，身子也热乎起来。他解开扣子，仍然觉得热，就把外套脱了，叠好放在一旁。当他倾身放外套时，蓦地注意到阿穆勒看向了自己的胸口。

安宁低头看了一眼，明白过来，挑起脖子上的银链，主动说："这个，是珊瑚。"

那是他幼时家人为其求来的一枚珊瑚枝子，用来保平安。在森林中，只有血和火有如此鲜艳的红，这种颜色，也许对阿穆勒来说意味着危险。

安宁努力地介绍说："红珊瑚，就是大海的骨头。"

"大海的骨头，我喜欢这个说法。"阿穆勒重复了一遍。

安宁见状，忍不住趁热打铁起来："跟我回乡里上学去吧，你一定很聪明，可以直接念高中。我知道你活得没有那么与世隔绝，但森林外面的世界，真的也很广阔。"

安宁说话的时候，眼睛像火光一样亮晶晶的。阿穆勒静静听完了，抬头看着安宁，突然一笑，显得有些狡黠："书记，你把我当成小孩子了。"

安宁一怔，有些古怪之感涌上心头。阿穆勒的两个梨涡挂在嘴角上，他眯缝起眼睛，慢慢说："我成年了，也上过学。"

安宁瞪大眼睛，下意识说："等等，你不是——不是十五岁就成了大萨满吗？"

"是的，书记。"阿穆勒看了眼被他收起来的鹿角帽与神遮，"那是几年前的事情了。"

安宁呆呆地眨了眨眼睛，脸倏地红了。是的，他竟然从头到尾都没有求证过阿穆勒的年龄，看着他那少年人的模样，便不由自主将他当成了一个孩子。在大萨满的森林中，或许安宁自己才是个孩子！

脸红得要命，窘迫的神态反而再次逗笑了阿穆勒。他仍然不解释什么，慢慢地拨弄着吊炉下的火堆。安宁尴尬地想钻进希楞柱的地缝里，他忍不住搓了搓自己的额头，发烫，但不是发烧那种不舒服的燥热。

在不远处，萨满的神鼓没有供奉起来，安宁摸着自己的额头，似乎不再发烧了，他恍然大悟，转而问："你给我跳神了吗，所以我不再发烧了？"

阿穆勒笑而不语。使鹿部落的萨满鼓是椭圆形的，很特别。鼓面用生狍皮制作，绷得很紧。放在旁边的鼓槌有一尺多长，敲击起来，声音一定格外轻快响亮。

"不。"阿穆勒终于开口道，"你不发烧了，是因为我给你吃了一片布洛芬，在你睡着的时候。"

这下安宁彻底呆住了，好半天，他总算也哈哈大笑起来："好吧，大萨满，你真的很有意思。"

阿穆勒也笑，笑罢，他指指角落。那里铺着厚厚的褥子，上面还留着刚展开的折痕。看来在安宁昏迷的时候，这位善良的大萨满早已

198

准备好了收留他所用的一切。安宁冲他道谢,阿穆勒摇摇头,坐在吊炉旁示意安宁先休息。

在深雪密林中赶路一天的疲惫、发现自己迷失时的恐惧同此时此刻的安心一起化作了浓重的困意向安宁袭来。他和衣而卧,盖好被子,没多会儿便昏昏欲睡。

即将坠入梦境时,一片黑影笼罩在了安宁头上。那是一片巨大的黑影,似乎生着树枝一样多杈的角。

安宁半梦半醒间不安地动了动,紧接着,阿穆勒低沉的嗓音却在身旁响了起来:"你的名字和我很像。"

"阿穆勒的意思,是'安静'……"

少年萨满会用歌声迎接他们的舍文降临,这样的嗓音,足以将安宁重新推入深沉的梦。

安宁睡着了。

似乎,在深夜希楞柱内的火堆熄灭了,桦树之间的火塘却兀自翻飞着烟烬。希楞柱内黑暗得令人感到就连自己的身体都消失了,外面却窸窸窣窣响动着种种奇怪的声音。应该是有扭动的影子,围绕着营地外的桦树一圈又一圈游荡。安宁在深夜短暂地醒了一瞬间,他听到在希楞柱外的远处,驯鹿亚兰的铃铛叮当响动。还有一些迟钝而不容置疑的"咔嗒""咔嗒",像是什么东西在缓慢地咀嚼吞食着。

安宁几乎没有意识,他瞥了眼对面,立刻再度坠进梦网。

阿穆勒不在希楞柱里。

有一阵香气勾得安宁掀开希楞柱的门帘走了出去。尽管昨天晚上吃了两碗肉粥,闻见香味,安宁的肚子还是咕咕直叫。他走到火塘旁的阿穆勒身边，害臊地咽了咽口水。

没办法，实在是太香了！阿穆勒正在用树杈烤鱼，上面撒了碎碎的松子，烤鱼的焦香就混合了一股松子的清香。见安宁出来，阿穆勒把烤鱼翻面，嘴上说："早上好，书记。"

"早，大萨满。"安宁说。

清晨的气温比他想象中还要冷，溪水更是冰得刺骨。可这片冰雪森林实在美得令人心惊，空气都带着一股凉丝丝的甜味。如果仔细看，银白中其实不乏顽强的浓绿。安宁简单洗漱了下，冷得一个激灵。溪水欢快向前奔涌，赵长松说得没错，这种活水反而最不容易上冻，阿穆勒果真会带着驯鹿跟着水走。

想到赵长松，安宁一阵不安。常在河边走，哪有不湿鞋。经验再老到的猎手，也有可能死于一场最普通的暴风雪。他懊悔连连，昨晚发生的一切如此梦幻，竟然把赵长松给忘得一干二净。他走回营地，阿穆勒已经烤好了鱼，递进他手里。

安宁在他对面坐下来，小心翼翼地问："阿穆勒，昨天你发现我的时候，还有看到其他人吗？"

阿穆勒微微偏头，眼底没有困惑，只等着安宁继续说。安宁皱着眉道："是有向导带我进山找你的，他叫赵长松，是个猎人，应该很多人都知道他，就在敖乡住。"

阿穆勒低头想了一会儿，摇摇头，反倒安慰起安宁来："别担心，昨天的暴风雪很快就停了。这里其实不算深入，他是个经验丰富的猎户，如果和你走散了，避过雪后返回敖乡再出来找你的可能性更大。"

"天哪，我恐怕要把单位的人给吓死了。"安宁吃着烤鱼说。

他环顾四周，驯鹿亚兰并不在周围。安宁边吃边好奇道："亚兰呢，出去找吃的了吗？"

阿穆勒还是笑笑，默默吃自己的烤鱼。

吃完以后，阿穆勒没有把鱼骨随手丢弃在四周，而是挖了一个很深的坑，将垃圾掩埋起来。森林的孩子总是有着天然的环保意识，安宁便学着他的样子也埋。做完这些，阿穆勒没有提起送安宁离开森林，回到敖乡。安宁也没有主动提起，他估摸着自己大约是不可能"抓"这位大萨满回去上学了，但他心中仍然有很多好奇与疑问。

安宁忽然意识到了一个问题。他抬头再次四处环顾，起身慢慢走向了桦树林中。阿穆勒在火塘旁没有阻拦，任由安宁踩着落叶和雪深深浅浅地走了过去。

没有走出去多远，回过头，仍能看见希楞柱圆锥形的尖。

高耸而笔直的树下，一对"树杈"不时摇动几下。驯鹿亚兰卧在树底，笨拙地扭着头舔舐自己腿上的伤口。那对晃动的树杈便是它的鹿角。安宁伸开双手显示自己没有恶意，轻手轻脚地靠近亚兰。驯鹿没有阻拦他，湿漉漉的黝黑双眼望向安宁。

它的腿上多了一道狰狞的伤口，已经止住血了。安宁不懂兽医，只从伤口的深浅判断应该并无大碍。亚兰是驯鹿群的领头，也许它藏起来是有自己的骄傲，不想被其他生灵看见自己受伤的样子。

森林养育包容着万物，可也有自己暗藏的危险。安宁判断不出伤口是怎样造成的，也许是猛兽的撕咬。他在脑海中过了一遍这里会有的猛兽，会是什么，是熊吗？昨晚，似乎确实有什么围绕着希楞柱窥伺试探。

还有那个巨大扭动的黑影……

那是什么？

安宁知道熊其实是很聪明残暴的动物，远不是人们印象中那样憨态可掬。熊能跟踪猎物很久，伪装自己的踪迹，甚至会模仿人的姿态动作。他一阵胆寒，难道营地被熊盯上了？

怀揣着毛骨悚然的疑问，安宁匆匆回到了营地。

阿穆勒已经离开了火塘，正在希楞柱内。一进去，安宁便忙不迭道："阿穆勒，亚兰受伤了，是不是有野兽袭击它？"

"我知道。"阿穆勒正把什么东西收起来。他答非所问道，"驯鹿最大的天敌，其实是人。"

他今天没有再戴那顶萨满的鹿角帽与神遮，而是穿着件黑色袄子，仍然围了毛领。袄子外面倒是套了一件漂亮的坎肩，上面缝着许多打磨过的小贝壳，双肩散落着彩色飘带。这件坎肩看上去已经很旧了，不过一眼就能看出保存精心，彩云与火焰的图案也都是手绣的。

既然阿穆勒心中有数，安宁按下不表，转而好奇起这件精美的坎肩来："这也是萨满的神装吗？"

"是的，它叫扎活屯。"聊起他们民族的文化来，阿穆勒总是愿意多说一些。他的手从坎肩的圆领上抚过，讲道，"驯鹿族人认为天是圆的，坎肩在身上就象征着天。"

阿穆勒并不介意，反而引着安宁的手摸了摸上面密实的刺绣："彩云与火焰象征着敖教日舍文与雷与火的舍文。敖教日舍文就是祖先舍文。"

"上面的三百六十个贝壳象征着驯鹿族年历的三百六十天。"阿穆勒说完微笑起来，似乎等待着什么。

果然，安宁惊讶道："有三百六十个贝壳啊！"

阿穆勒直笑，反而说："你数数看。"

安宁摸了摸脑袋，觉得自己有点傻。他咳嗽了声，转移话题道："这是家族流传下来的神装吗？我听说你的姥姥是那咩伦。"

总算轮到阿穆勒惊讶起来。他眨眨眼睛，追问说："是谁告诉你的我姥姥是那咩伦？"

安宁老实道："敖乡的花格大姐，还有赵长松，他也知道。他们说那咩伦为他们治过病。"

阿穆勒沉默了一阵子，冲安宁道："能帮我去外面提点水吗，书记？桶在那边。"

安宁茫然起来，但还是乖乖拿走水桶，走向了溪边。刚走出去没几步，阿穆勒从希楞柱里探出头来，朗声道："小心，岸边很滑！"

安宁摆了摆手。打水和掬水洗漱不同，要再往水里走一点。岸边也长有湿滑的苔藓，幸亏有阿穆勒提醒，否则安宁少不得要滑几脚。打完水准备往回走，安宁深呼吸了几口清新空气，忽然注意到外围有着几枚不易察觉的脚印。

他没有多想，拎着水桶走过去低头仔细观察。这些脚印比较大，肯定不是自己或是阿穆勒的脚印，不过，并不清晰，何况安宁也不是什么痕迹学的专家。联想到亚兰腿上一夜之间出现的伤口，安宁顿时胆寒，营地可能真的被熊盯上了！

想着想着，安宁心里却又生出了疑惑。熊的脚印是不是应该更深一些呢？既然靠近了，为何最终没有袭击营地？是因为希楞柱里居住的人是伴随着舍文的大萨满吗？萨满那神秘的力量，令熊也能退避三舍？

又或者，这根本不是什么熊……

安宁想到了他在半梦半醒间瞥到的那个巨大扭曲的影子。那到底是什么东西？是森林中存在的他未曾知晓的猛兽，还是某些超乎他想象的生物呢……

回到营地，因为走得急，安宁提来的水晃洒了一半。他把水放回原处，匆匆找到阿穆勒问道："我有件事想告诉你，营地是不是有危险？"

阿穆勒回过头，脸上有点困惑。他又在煮中午的饭了，听见这话，他歪了下头，反问安宁道："书记，你为什么这样想？"

安宁一股脑儿地把自己的种种发现说了。亚兰的伤口、大脚印、围绕着希楞柱的怪响与那现在回忆起来像嚼骨食肉的咔嗒咔嗒咀嚼声，还有那个巨大的、非人形状的黑影……

安宁越说脸色越惨白。大萨满在他的族人眼里再神秘、再不可思议，安宁也仍然觉得他是一个独自生活在森林中的单薄少年。如果真的有猛兽，乃至更糟糕的、可怕的东西，他又该怎么办呢？

"书记，你很害怕？"阿穆勒停下了煮饭的手，转身面冲着安宁。

安宁讲的时候双手乱挥，此时顿在了半空。大概在阿穆勒眼中自己很傻吧？安宁在心中自言自语，可是一切迹象确实证明有未知的危险正在靠近。

"好吧，挺吓人的。"安宁沮丧地承认道，"我比较胆儿小，有点吓到了。"

阿穆勒愣了几秒钟，忽然垂头摸了摸鼻子，很小声地说："你再说一遍，最后的那个什么？"

"黑影！"安宁立刻又比画着讲了起来。那是最令他感到不安的东西，第一他没有看清楚；第二，那东西已经进到了希楞柱里。

说罢，两人同时安静了须臾。

"如果你受到了惊吓，你的乌麦的双眼就会蒙蔽起来。"阿穆勒说着，冲安宁伸出一只手。

安宁犹豫了下，将自己的手掌覆盖上去。那只手竟然出奇的温暖，安宁的心一下子变得平静，阿穆勒牵着他缓缓走到外面的火塘边，这才松开手道："你等一下。"

阿穆勒重新走进希楞柱，不多时再出来，英俊的面孔已经覆上了黑色珠链制作的遮面垂帘。他手里拿着那面椭圆形的神鼓与鼓槌，在银白的日光下宛如丛林的精灵。当鼓敲击奏响时，他便蓦地开始起舞。阿穆勒唱了一句安宁听不懂的歌谣，脚步灵巧地跳动，他双肩上彩色的飘带纷飞绽开，随着神鼓响亮的奏鸣，桦树林中的飞鸟开始啼叫。

"恩都日哦，俯视着明察秋毫。

"白那查啊，保佑着你的子孙。

"远处的山呀，水呀，树呀，蛇呀！

"跳着的时候，返回来吧！

"把我的阿哥，送回来吧！"

当他停下舞步时，数日来连绵灰白的天穹陡然湛蓝无比，金灿灿的暖阳照在两人脸上，就连积雪都闪烁着灿烂的粼光。也许大萨满真的用他神秘的力量唤回了安宁的灵魂，也许是那响亮的鼓声与阿穆勒绚烂的舞步令安宁心神安详。所有的惶恐都奇迹般消失了，安宁看呆了，他望着阿穆勒，阿穆勒也静静地望着他。

安宁喃喃自语道："跳着的时候，返回来吧……"

这个牵着驯鹿行走在自然间的森林的孩子，有着浑然天成的诗意。

如果世界上真有舍文，安宁相信，在那一刻祂愿意为了阿穆勒降临。

能来到这里，真好。如果没有走进森林，安宁永远也想象不到世界上会有这样的景色，这样的人。

他冲阿穆勒扬起嘴角，笑容里满含真诚："我好多了，真的。心里现在很……安静。乌麦就是灵魂，对吧？也许我们对灵魂的理解并不一样，但我相信，我有。"

阿穆勒像之前一样只是冲着安宁笑，安宁却从中找到了此前阿穆勒所没有的满足感。他看着阿穆勒回到希楞柱收起神鼓与鼓槌，忍不住又跟了过去，后知后觉地补充道："谢谢你。"

阿穆勒摇摇头，安宁不免又生出好奇，斟酌再三，询问说："恩都日……是什么？"

"是驯鹿族人的天神。"阿穆勒还没有摘掉神遮，他说完主动给安宁讲解，"白那查是山神。驯鹿族人相信祂们共同保护着所有子民。白那查是赏罚分明的，你是个善良的人。"

"善良？"安宁没什么自觉。

黑色珠链静静垂在阿穆勒的眼前，使他的五官影影绰绰。他一开口，那珠链便微微摇曳，碰撞出一小串细碎的响声。这面神遮为阿穆勒增添了几分异域气息，似乎戴上了，他就不只是那个安静的少年。

安宁没多想，脱口而出道："我能……摸一下吗？"

他指的是那珠链，阿穆勒竟然也懂了。他低下头，略略向前倾身，莫名有点乖巧的样子。安宁很小心地拨了一下那一串串珠链，他不懂珠宝，猜测有可能是玛瑙的材质。

"萨满是在黑夜里也能看得见的人。"阿穆勒柔声道，"即使在黑夜里，也要看清真相，守护所有人。"

他边说边取下神帽垂帘，却没有像之前一样收起来，而是望着安宁道："当我拨开神帽垂帘看向你时，认识你的那个人就是阿穆勒，不是大萨满。"

安宁没来由呼吸一滞，对这句话似懂非懂。

之后，阿穆勒回到吊炉旁继续烧饭。安宁尝试着为他打打下手，不想阿穆勒似乎并不习惯有人帮忙，一时两人都手忙脚乱起来。但那顿饭仍然味道鲜美，还有一种安宁从来没见过的蘑菇。他又吃得太饱，直犯迷糊。

刚想打瞌睡，阿穆勒问："想和我一起去看看驯鹿吗？"

乡上关于驯鹿的一切并非安宁的工作内容，他对驯鹿知之甚少。见阿穆勒邀请，顿时又提起劲来，腾地翻身弹起："走！"

阿穆勒用桦皮口袋装了一些什么东西，挎在身上领着安宁走向丛林。驯鹿很聪明，并不会离开营地太远。在树林中穿行没多久，他便取出铃铛有一下没一下地摇晃起来。瞥见安宁眼睛一眨不眨地看向自己，阿穆勒把铃铛递了过去。安宁试着摇晃几下，过了几分钟，渐渐有几只驯鹿从四面八方围了过来。

其中一只应该是小驯鹿，阿穆勒摸着它脖颈上的粗毛，示意安宁也摸摸。安宁之前摸过乡上圈养起来的驯鹿，比阿穆勒的驯鹿群皮毛要粗糙很多，眼神也无精打采的。他摸着，阿穆勒从口袋里摸出一块灰白色的东西，捧在手里。

几只驯鹿围过来，卷着舌头舔他捧在手上的东西。是盐块，驯鹿喜欢盐。

即便在森林里驯鹿也是体形极大的动物，但它们舔舐盐块的动作实在是可爱。安宁忍不住不停地抚摸那只小驯鹿，就在这时，他蓦地嗅到了一股难以形容的怪味。

那味道很陌生，他以前从没闻过。在他茫然抬头的时候，似乎阿穆勒与驯鹿群也都发现了。阿穆勒的眉心一下子拧了起来，驯鹿更是倏地支棱起耳朵，突然从阿穆勒背后头也不回地跑了。

安宁下意识地想追出去，却被阿穆勒一把抓住了胳膊。他刚想问，抬眼瞥见距离两人数十米开外的树下有一个人影。

那附近雪积得很厚，有不少雪窝子。树干粗壮，那人似乎是踩在某根凸出地面的树根上，像见到了老朋友似的冲两人一直招手。安宁心中一喜，下意识地冲阿穆勒小声道："是赵长松吗？是不是赵长松找回来了！"

"不是赵长松。"阿穆勒紧紧抓着安宁的胳膊，极缓慢地带着他退了一步，"那是太提。"

"什么？"这个陌生的词汇与阿穆勒的表情让安宁敏感地品味到了一丝危险。他不由躲到了阿穆勒身后，阿穆勒没有回头，他冲安宁比了个噤声的手势，用气音道："我们崇拜它，也猎杀它。太提的意思是奶奶，用来指代熊。"

安宁呆愣了几秒钟，顿时汗毛倒竖。

他有带防熊喷雾，但放在包里。自从禁用猎枪，人在森林里遭遇野熊就只能逃命了。那股所谓的怪味，原来是熊站在上风处身上传来的腥臭。安宁仔细盯着树下的熊，背后的冷汗都要掉下来了。

那头熊像人一样竖直站立，而且站得很直。最恐怖的是，它一直在模仿人的动作，冲两人招手，想要吸引人过去。雪光映射下，安宁终于看清了它毛乎乎的脸，那熊的眼睛闪烁着贪婪，像人一样的表情，似乎还不知道两人已经识破了它的真面目，仍在锲而不舍招手示意两人过去。

阿穆勒用气音道："不要转身，就这样慢慢跟着我往后退，千万不要发出声音。"

安宁的心跳到了嗓子眼，他听说熊捕食猎物非常残忍。因为熊喜欢吃活食，所以它们不会先咬死猎物，而是慢慢地撕扯着吃。以他和阿穆勒的身板，熊一巴掌就能拍碎两人的脑袋！

好在，阿穆勒虽然全身戒备，却没多少慌乱。他紧紧攥着安宁的手腕，两人缓缓倒退，不知不觉间也退走了数米远。几乎只能从高矮不一的树冠间看见熊的头顶与熊掌了，安宁不敢松懈，往后退着。

"咔——"

这一下树枝被踩断的声音在森林中层层回荡，好像连鸟都要惊飞了。安宁简直想狠狠抽自己一巴掌，他不由自主地瞥了眼身后，陡然发现并不是自己踩到了枯枝，而是一只小驯鹿。

刚才安宁摸过的那只小驯鹿缩在两人身后瑟瑟发抖，它还太小，只有角比两人高。养育它的母鹿应该是在奔逃的过程中与它走散了，这个可怜的小家伙，用求助的眼神望着两人。

阿穆勒也因为那声响微微回头，他没有责备任何人或鹿的意思，只是倏地将头又扭了过去。

眨眼的工夫，那头熊已经从树根上下来，离两人一鹿骤然近了许多。它弓着身子，也在观察这边发生的一切。安宁暗暗咽了下口水，徒劳地用手试图护住小驯鹿。

阿穆勒在一人一鹿身前，他也微微弓着身子，双臂张开，像要摔跤似的。他浑身上下都绷紧起来，安宁才发现阿穆勒的身体其实强健有力。丛林上空的浓云自太阳前被风吹开，阿穆勒顺势再次绷紧背弓身，那一刻，安宁看到了不可思议的一幕——

小驯鹿那对树杈般鹿角的影子投在阿穆勒头上，与他的影子连成了一片。阿穆勒似乎又变回了戴着鹿角帽与罩面垂帘的大萨满，他的影子与那鹿角的影子一起变得比熊还要高大，如同这片森林真正的主宰者。

那熊站了起来，紧紧地盯着阿穆勒，接着，它像是点了一下头，转身飞快地消失在了树林中。

簌簌的树枝曳动声消失不见了，阿穆勒才半松了口气。他拍了拍小驯鹿，说："去，回营地去。"

不等安宁反应，阿穆勒抓着他的手，迈开腿便跑了起来。

地上的落叶、碎雪和枯枝，被两人踏得嘎吱作响。阿穆勒跑得很快，带着安宁，像一阵风。

跑回营地，两人一头直接冲进了希楞柱，安宁气喘吁吁，干脆扑通瘫倒在垫子上。他跑得喉咙都要烧起来了，头上直冒热烟，一点严寒的刺骨都感受不到。阿穆勒只有些气不太匀，他递给安宁一杯温水，两人都喝了几口，安宁忙不迭问："熊还会再来营地吗？"

阿穆勒慢慢把气喘匀，摇头说："不会。太提其实很少主动靠近希楞柱，尤其是生着火塘的营地。而且，这个时节太提大多都在冬眠，只有饿醒了才会出来觅食。又或者……"

他皱起眉头，眼底沉了下来。安宁看不懂他的神情，思绪混乱地休息了片刻，忽然又想起他之前意识到的一个问题。

阿穆勒，是不是有什么事情瞒着自己？

如此看来，那个在营地附近徘徊，甚至入侵希楞柱的生物确实不是熊。

可还能是什么呢？安宁隐隐觉得，那个神秘而危险的生物应该有人的形态，他猛然想起曾经和单位同事一起进入别的山林时，他们看到过一种刻画在粗壮大树上的人脸。那种人脸有五官，有胡子，只会刻在生长得极茂盛的老树上，离远看就像是个高大的人嬉笑着站在远处。

该不会是这种"人"显灵了吧……

安宁有点怀疑人生了，尚未被人类探索的未知还有太多。也许这种人脸其实就是一种会移动会捕食的生物，所以生活在森林中的驯鹿族人才为它刻上脸，以此示警呢？

安宁犹豫再三，怀着忐忑把自己曾经的见闻说了。他反复强调着如果真的有这种东西，那一定是某种人类还未知的生物，不是什么妖魔鬼怪。

想不到，阿穆勒听罢哈哈大笑，笑罢，他做了个祭拜似的手势，冲安宁微笑着说："那就是白那查。你见到的那个人脸，就是表达对白那查的尊敬的。白那查是山神，所以我们不供奉在家里或是希楞柱里，让祂就立在山中。"

安宁的脸倏地红了，又闹了个大笑话。他尴尬地摸摸鼻子，阿穆勒拍了拍他的肩头，起身出去清点驯鹿的数量。他摇着铃铛召唤驯鹿，鹿纷纷聚集在营地边，鹿一只没少，也许熊在那时真的被大萨满与舍文的力量震慑，没有袭击鹿群。

亚兰也从远处慢悠悠地走了过来。阿穆勒或许还是最偏爱他的头鹿，马上就拿出了盐块放在地上让亚兰舔。

安宁也走过去，阿穆勒摸着亚兰的背，没有抬头："别担心，书记。就像我说的，萨满是在黑夜里也能看清真相的人，我会保护你的。"

安宁心中漾起一阵熨帖与感动，他郑重地点了点头，阿穆勒笑笑，转身走了。

亚兰还在低头享用着单独给它的盐块，安宁也凑到旁边学着阿穆勒的样子摸它。驯鹿腿上的伤口早就不流血了，皮肉翻开，仍是略显狰狞。安宁盯着那道伤口多看了几眼，意外发现伤口划得很整齐。

到底是什么伤害了亚兰，对营地蠢蠢欲动？看样子，阿穆勒早就有所警惕，但他既不提醒自己，让他也做好准备，也不提出送安宁下山，回到乡里。

那个危险的东西似乎对驯鹿也不太感兴趣，是什么在吸引它的注意？

安宁越想越奇怪，望着在希楞柱内忙碌起来的阿穆勒，他心头涌上一种奇怪的感觉，就像他之前突然意识到的那样。

当那个扭曲的黑影出现时，阿穆勒似乎并不在希楞柱里。

他把安宁留在了原地。

03

这一夜，安宁睡得很不安稳。

安宁躺下以后过了很久，希楞柱的主人都没有回来。阿穆勒知道安宁怕冷，特意用围挡把四周严严实实又加固了一层，希楞柱内温暖得令人鼻头都微微发热起来。他知道阿穆勒并没有走远，而是坐在营地的一棵桦树下用小刀削制着什么东西。火堆不时爆出噼啪燃烧声，阿穆勒哼唱着歌谣的声音也悠悠流淌进来。

他唱的那些歌词是驯鹿族语，安宁无法听懂内容，但他还是捕捉到了几个熟悉的发音，似乎是关于祖先、轮回与因果的故事。可巧安宁为了更了解驯鹿族人的文明，在工作中都曾接触过这些词汇。他翻来覆去，总觉得在黑夜中的森林听见这些有些瘆得慌。不过，阿穆勒的嗓音一如既往温柔，唱腔也慢悠悠的。

安宁实在是睡不着了，他平躺了一会儿，盯着希楞柱的尖顶。夜里的森林不如他想象中安静，有种种他难以描述、也想象不出音源会是什么的响动。他只隐隐觉得，在营地外幽深的黑暗中，蛰伏着无数蠢蠢欲动。

缓缓披衣起来，安宁在火塘边坐了下来。阿穆勒抬头看向他，有些意外。他不着痕迹地收起了手中的小刀和削制的东西，走到安宁身边，报以沉默。

安宁问："阿穆勒，你刚才在唱什么呢？"

"想到了，所以就唱了。"阿穆勒说着，伸手将安宁敞开的拉链拉起来。安宁习惯性地把脖子上戴着的珊瑚项链拉出来整了整链子，阿穆勒这时却说，"你戴这个，很好看。"

安宁有点不好意思，摸了摸珊瑚枝子解释说："我来自一个海边的城市。这是家人给我的，听说可以保平安。"

阿穆勒又沉默了几秒钟，忽然望着安宁问："书记，你相信萨满吗？"

安宁一愣，不知道该怎么回答。不等他开口，阿穆勒继续道："你相信珊瑚吊坠可以保佑平安，不相信萨满的力量吗？"

这下安宁彻底不知道该如何回答了。他呆呆地看着阿穆勒，阿穆勒却又笑了，看来并没有责难安宁的意思，似乎只是真的好奇他的想法。安宁认真思索片刻，说："这不一样呀。这枚珊瑚，承载了家人对我的爱。我希望它真的能保佑我平安，但也不会要求它真的有什么作用。"

阿穆勒听罢陷入了短暂的思考，眼神有些放空。他拨弄了几下火堆，火苗一下子飞舞着蹿高。阿穆勒把腿盘起来，两手搭在身前，缓缓道："书记，我给你讲个故事吧。"

"有一个民族，世世代代生活在深山里。他们既捕猎其他动物，也与它们和平共处。他们牵着驯鹿，逐苔藓与水在河谷两畔迁徙。这个民族的文化始终没有被其他宗教与文化介入，保持着最淳朴的善恶生死观念。"

阿穆勒才开始讲，安宁已经不由自主屏住了呼吸，认真倾听这位少年大萨满内心最深刻的想法。当他孤独地牵着驯鹿游走在丛林中时，他一定思考过许多。

"但是，文明的进程是不可阻挡的。当你走到一块城市边缘，进入无人之森，穿过森林，最后到达的也一定是另一座城市。大萨满为人们占卜走失的羊群、驯鹿，为人们治疗风寒、痘疹，但治愈不了癌症。文明的进程就像死亡一样，势不可挡。"

这个社会议题的深度，别说是安宁了，就算是安宁的领导、老领导，恐怕都无法给出一个令所有人都满意的答案。他什么也说不出口。

阿穆勒忽然摇摇头，微笑起来，望向安宁的眼神无比柔和，他说："我想给你讲的，是另一个故事。"

"当那些族人离开森林，住进坚固牢靠的房子，有电，有燃气。他们发现，自己的双手比舍文甚至更可靠，有些东西不再靠祈祷也可以自己创造。他们不再供奉舍文，但同时，他们的心中充满了自己也一知半解、不得其所的苦闷与忧愁。"

安宁再度屏住了呼吸，他好像知道阿穆勒到底想讲的是什么故事了。

"越来越多的族人开始死于非命。你知道吗？他们自己抛弃了自己的舍文，当舍文终于归来，再次被他们想起时，所有人已经被诅咒了。"

阿穆勒看向火光，声音越来越小，口气也漫不经心起来："那个突然被舍文选中的少年，无论他心中多么茫然，游走在森林中多么孤独，也必须背负着舍文与族人的期望走向森林深处。"

"我停留在这里，是为了解除那个诅咒。"

"可是——"安宁有很多话想说，阿穆勒明明在讲述自己的故事，却变得轻描淡写，仿佛真的只是与他随口闲谈。他堆了满心的话，想开口的同时又犹豫起来，生怕自己说错什么伤害到眼前这位少年的心。

几乎是在同时，安宁突然听到远处极深处的树丛中传来一连串古怪的响动，伴随着微不可闻的"咔嗒"声，转瞬消失在了远方。

就在刚才，有什么东西就在附近，一面咀嚼、一面吞食着两人的对话，也许阿穆勒的故事使它得以餍足，它离开了。

安宁第一次感到了世界观破碎的恐惧，他死死盯着那东西离开的方向，抓住阿穆勒的手腕用气音道："那是……那是什么……难道真的是什么舍文吗？舍文听到你的故事，祂……"

阿穆勒拍了拍安宁的手，他摇着头，眼底深沉，意味深长道："那不是舍文。"

他说着仰倒在地面上，枕着干燥的桦树叶子："我希望他真的听懂了。"

"睡觉吧，书记。"阿穆勒看向安宁，他想了想，又半坐起来，"我可以叫你安宁吗？"

安宁愣了下，笑说："当然。"

希楞柱内，阿穆勒仍然没有进来。安宁面冲里躺着，所有照明的东西都被熄灭了，黑暗中他甚至看不见自己的手。思绪倒是渐渐有些清晰起来，安宁猜，应该真的并非错觉，营地外真的有着什么未知的东西，一直在监视着阿穆勒的行动。

诅咒，真的存在吗？

森林里到底蛰伏着什么？

安宁很快就睡着了，并且终于睡得很沉。围挡让希楞柱内像个小火炉，睡到深夜他热得蹬开了褥子。恍恍惚惚中，安宁热得半醒过来，他的眼前似乎有一个晃动的黑影，像是有两只巨大而尖长的手朝着自己抓了过来——

安宁猛地睁开眼睛，从铺上弹坐起来。真的有一个巨大的怪影正竖立在希楞柱中！那双尖长的细手像树杈似的，朝他慢慢靠近……

"阿穆勒！"安宁吓得大喊起来，就在这时，他对上了一双明亮温和的眼睛，是阿穆勒！

一只手捂住了安宁的嘴，他终于发现那个有双巨手的怪影原来是戴着鹿角神帽的阿穆勒。所有的灯火都被熄灭了，阿穆勒用气音"嘘"了声，示意安宁不要发出声音，安宁赶忙点头，那只手才轻轻松开了。

安宁眯缝起眼睛，适应黑暗后，他发现阿穆勒蹲在自己床铺前，竟然穿戴着完整的神装。他换了一顶更大更华丽的鹿角帽，神遮的珠链因为他的动作被高挺鼻梁微微拨动。他的腰间挂着铜镜、铜铃与神鼓,英俊而神秘得不可思议。

阿穆勒牵住安宁的手腕,引着他随自己来。两人来到营地外,火塘中从不熄灭的火堆此时也灭了。一片漆黑中,阿穆勒引着安宁慢慢走向桦树林深处,两人摸黑前行,安宁紧张得心跳到嗓子眼,却并不害怕,因为阿穆勒在前面。

两人向深处走,背后传来一荡一荡"叮——叮——"的铃铛声。安宁小心翼翼地回头,见黑暗中的半高处有对舒展而粗壮的"枝丫",远远地,缓缓跟在两人身后。

那是驯鹿亚兰,它默默跟在两人身后,像为两人保驾护航。

两人一鹿在黑暗中沉默着穿行片刻,阿穆勒终于点起了一小簇火苗。他不时抬头,似乎是靠天上的星轨在辨别方向。安宁好奇地观望四周,陡然发现这个地方他们昨天来过,就在险些被熊袭击的附近。

只是,昨天,这里粗壮的大树上还干干净净。现在,那些树干上被人刻画上了一张张嬉笑着的五官,都在看着两人的方向。他们就像被无数高大的树人围在中间,显得这些树脸更加诡异了。

这怎么可能,白那查显灵了?他们在预示什么,阿穆勒知道吗?

安宁拉拉阿穆勒,提醒他看。阿穆勒没有停下脚步,反而冲安宁摇摇头,安宁只得把心思咽回肚子里。

两人终于停下时,他们似乎又来到了一片树林中平坦的高地,只是这片高地非常宽大,比阿穆勒所在的营地还要大上许多。

"安宁,我要再给你讲一个故事。"

阿穆勒转身面冲安宁,他不知何时收敛了笑容。

"我的姥姥曾是远近闻名的那咩伦,她做了一辈子那咩伦,在很晚才生下了我额尼。"安宁有些茫然起来，不明白阿穆勒深夜突然将自己带到这里，并且开始讲述这故事是何用意。

"她很疼爱周围的孩子，像疼爱我额尼一样。她为那些孩子们解决各种麻烦，哪怕有些事情，其实就是那些孩子的错误，她也会虔诚地祈求娘娘神与舍文放过他们。"

安宁听着，蓦地想到：赵长松曾提及自己宰杀过一头小羊，然后莫名看不见了。

阿穆勒说着，神情有些落寞："我额尼命苦，在我很小的时候就去世了。从那以后，那咩伦就不太清醒了。她总是和大家说，森林本身就是一个巨大的奥伦，奥伦里就是无穷无尽的珍宝，只要森林存在，珍宝也会永远存在——"

安宁知道奥伦就是驯鹿族人会在树上架设的一种仓库，这个朴实的民族从前没有"偷窃"的概念，有需要的人都可以到奥伦去取走食物充饥。正想着，安宁忽然瞥见阿穆勒将那把匕首摸了出来，他心中一凛，与此同时，身后的远处那诡异的"咔嗒"声如影随形——

阿穆勒朝他扑了过来！安宁甚至没有格挡闪躲，任由他按着自己，两人几乎是撞在了树上，撞到白那查树的下方。一支手指粗细的箭擦着两人身体，"当——"地钉在了地上。

那箭钉入地面很深，如果刚才阿穆勒没有用匕首替他挡一下，大概会立刻贯穿身体。

安宁的冷汗落了下来，他终于明白过来这几天到底都发生了什么。有人在捣鬼，他太信任这片原始的森林，乃至忘记了——就像阿穆勒早提醒过他一样，驯鹿最大的天敌其实是人。

那个被遗忘的名字冒了出来。

安宁这人在单位工作久了，下意识地就想大喊出那个名字震慑那人。阿穆勒抬手阻止了他，他用自己和树干挡住了安宁，独自面对蛰伏在黑暗深处仍未现身的危险。他把鼓槌解了下来，望着树影婆娑的远处淡淡道："那咩伦给过你一次机会了，我不会再给你。"

他敲打了一下腰间的神鼓，鼓背后缀着的铜币随着响亮的声音一起哗啦啦震动起来。安宁不知道是不是自己的错觉，好像那鼓一响，四周所有的树冠与冰凌都哗啦啦开始作响。

鼓槌第二次击向鼓面，风倏地卷起来，如同真的有未知而神秘的力量在阿穆勒手中生长。鼓槌即将再度击中时，远处的树丛里窸窸窣窣滚出一个人影，那人仍然穿着厚重的棉袄、戴着皮帽，眼睛下面一道淡淡的疤痕，正是赵长松。

安宁浑身的汗毛都竖了起来，因为赵长松的手中抓着一张还没上弦的弩。

他以前工作时见过单位里别的部门同事没收过这种管制土弩，这种弩杀伤力极大，打一些狍子和鹿如探囊取物，就算是熊也能过上几招。大萨满无论如何在安宁眼中也只是一个手无寸铁的少年，他甚至都没来得及多想，下意识地抓着阿穆勒后退，拦在他身前说道："赵长松，你别冲动！"

他在赵长松的脸上看到了像那只熊一样的眼神，贪婪，浑浊。赵长松两手把着那张弩，他没有上弦，反而死死盯着阿穆勒手里的鼓槌，眼中透出忌惮。

阿穆勒反而有一闪而过的慌张，他把安宁重新挡在自己身后，就在这时，赵长松开口了："书记，我没有冲动，你给我个机会——"

"书记，来的时候我就提醒过你，那帮入侵者战败退走的时候根本来不及运走搜刮的金银古董,他们把财宝埋在这里了,就这里!"赵长松说着拼命地跺脚,"在我们脚下!"

"我跟着大萨满在森林中看了很久很久,他一直绕着这片高地扎营!他想独吞,他想独吞那咩伦说的财富!"

赵长松像是被那只熊附体了,眼中闪烁的精光与癫狂令人毛骨悚然。

他半举起弩嚷嚷道:"书记,我们在这里分掉财宝,只要把大萨满杀了,谁也不知道了!我可以少拿一点的,真的!大萨满没有家人了,他整天在山里,杀了他谁也不会知道的!"

安宁不敢相信自己的耳朵。大萨满已经没有家人了,这样一句无比孤独的话,竟然成了赵长松歹心的底气所在。他顿时火气直往天灵盖冲,刚要开口,两人听见,阿穆勒蓦地轻声叹了口气。

他那口气轻飘飘地叹出来,赵长松诡异地安静了。

阿穆勒抬头,目光笔直地看向赵长松:"那咩伦给过你一次改过自新的机会了。她所谓的宝藏,只是——"

"不可能!"赵长松几乎是跳着尖叫起来,声嘶力竭地狂叫道,"那咩伦是文化人,她说的不可能是什么没道理的屁话!她是想把宝藏都留给你,你们都想独吞!我不是故意的,我只是觉着杀小羊的时候母羊叫得很好玩,我又不是故意的!"

安宁倒吸了一口凉气,在他眼里,赵长松已经进入癫狂。他总算明白了所有。话音还没落地,赵长松的手哆哆嗦嗦地开始上弦,他一动,阿穆勒的鼓槌再次击打向了腰际的鼓面,只是这一次鼓声无比响亮,到了震耳欲聋的程度。

他敲击着,树冠疯狂地抖动起来,阿穆勒口中念了一句安宁听不懂的话语，但赵长松显然懂了，当鼓与那句话同时响起，他的眼皮和眼珠都开始震颤，手哆嗦到无法上弦，最后竟然将弩脱手摔了出去。

但大萨满的鼓声并没有停止，安宁心念电转，来不及多想，从阿穆勒身边如离弦之箭般冲了出去，一把抢过地上的弩，头也不回就跑。他刚迈出去，旁边的树丛里跃出一个巨大的灰影，驯鹿动作矫健，用大角把赵长松直接顶翻在地。

亚兰真的一直在保护两人。

然而赵长松对陡然生变置若罔闻，捂着头在地上嘶叫着挣扎，似乎那鼓声才是真正令他胆寒受伤之物。眼见安宁与亚兰一左一右灵活配合，阿穆勒居然也愣住了，他看向地上爬都爬不起来的赵长松，终于停了下来。

接着，他笑起来，望着气喘连连握紧土弩的安宁。

安宁走回来，拎着赵长松："白那查不是让你装神弄鬼的！"

这个彪形大汉似乎被吓破了胆子，浑身发抖，对一切置若罔闻。阿穆勒走过来，用生皮绳轻易将赵长松捆了个严严实实。一边捆，他一边蹙眉道："白那查赏罚分明，祂会记得你做了什么的。"

04

安宁的包里其实带了卫星电话。单位统一发的，型号很老，已经无法在深山中定位，必须走到森林边际才能收到信号。在希楞柱里收拾行李准备把赵长松送到有关部门时，安宁心里一阵一阵的恍惚。

他和阿穆勒相遇的这个美好如幻梦的故事里还是出现了一个

"反派"，一个坏蛋。他与阿穆勒的相遇，也并不是在舍文指引下的巧合，而是这个反派早就策划好的必然。赵长松说，阿穆勒一直守护在所谓的森林宝藏附近，在那夜突如其来的暴风雪中，他是故意将自己扔在原地的，因为这样，在附近营地的大萨满不可能见死不救。

阿穆勒不可能当晚就把自己送走，因为安宁的发烧刚有好转，也许撑不到敖乡。何况他的鹿群也无法带走。

夜里出现在希楞柱附近的诡异动静，只是他在一次一次刺探。安宁第一夜见到的巨大黑影，原来是阿穆勒穿上萨满的神装，用自己的方式警告窥伺者，守护安宁的美梦。那些咔嗒咔嗒的怪声，是赵长松一次一次上弦，用土弩瞄准着希楞柱内的人。

亚兰的伤口也并非来自猛兽撕咬，阿穆勒说得没错，驯鹿最大的天敌确实是人。

安宁一方面庆幸阿穆勒不必再提心吊胆面对深夜的未知危险，一方面却心里充斥着淡淡的遗憾。他想不出来为什么。

也许，还有哪里自己没能透过森林的迷雾窥见全貌；也许，他在不知不觉中也相信了大萨满口中舍文的诅咒。

阿穆勒一直陪着安宁走到森林边际，将赵长松转交给林警时，单位的同事也跟来了。几人围着安宁上蹿下跳、嘘寒问暖，显然这几天的失踪吓了其他人一大跳。在这期间，解决本次危机最大的功臣阿穆勒反而一直没有靠近，他牵着亚兰在不远不近的桦树下，始终没有现身。

暴风雪的季节似乎就要过去了。无人再觊觎森林中的宝藏时，自己也许可以迁往更深处的营地。

这样想着，阿穆勒忍不住看向远方，试图透过层层雪与树找到安宁。浩浩荡荡的人群已转身要回敖乡，安宁不见了。

阿穆勒一愣，随后，他的肩头被人轻轻拍了一下，安宁的眼睛出现在身前。

阿穆勒呆呆地看着他，安宁冲他笑起来："大萨满，你的故事还没有讲完呢。"

在安宁朝着树下那个孤独的萨满少年走去的那一刻，他突然懂了，自己的遗憾，其实只是舍不得阿穆勒。

"好吧，再给你讲一个故事。"

阿穆勒带着安宁，两人默契地再次踏上了前往森林深处的路。短短几天时间，安宁发现自己的脚程已经能跟得上长期来往森林中的人了。他们并肩行走在冰与雪中，亚兰一如既往地跟在身后。

"这次我要给你讲的，还是那个关于诅咒的故事。"

两人回到了希楞柱。

一切还保持着两人离开前的样子，只是这次终于不再暗藏危机。火塘里的火堆重新生了起来，安宁坐在旁边，等着阿穆勒继续续上他的故事。

谁知，过了很久很久都没有声音再传来。就连亚兰都晃悠着铃铛，到别处找蘑菇吃去了。

安宁走入希楞柱，意外看见阿穆勒又在做饭。

"怎么不讲了？"安宁奇怪道。

"我饿了。"阿穆勒搅动着吊炉里的汤食。安宁呆愣愣地站在旁边等了半晌不见下文，又过了须臾，阿穆勒摸了摸鼻子，小声说，"好吧，安宁。也许我只是舍不得你。"

安宁笑得眼梢都弯了，他没再追问，和阿穆勒一起煮完了饭。

这森林里的一切，似乎都是阿穆勒的老友，包括雪与风。没有他不知道的事情，到了夜里，他甚至能坐在火塘前为安宁指出无数的星座。在现代文明还没有影响这个民族时，萨满其实就是部落里掌握最多知识的人。即便是接受过良好教育的安宁，也不得不承认阿穆勒远比自己想象中要博学。

夜色重新染上整片森林时，阿穆勒带着安宁又一次来到了那片森林中的高地。他把火把绑在亚兰的角上，灵性十足的驯鹿并不惧怕，反而绕到了前面，主动替两人照明。

"那咩伦对诅咒有她自己的理解。"

阿穆勒随意地在地上坐下，见状，安宁也学着他的样子坐下。亚兰卧在两人身边，眼神温顺安详。阿穆勒垂下眼道："那咩伦说，诅咒，其实是我们族人心中的茫然与苦闷。"

这个答案安宁犹觉不够，他刚想追问，阿穆勒望着他说："那么，你想听听我的想法吗？"

安宁忙点点头。阿穆勒笑笑，用手分开桦树的落叶，拨着地上坚实的土地："我认为。所谓的诅咒，其实是源于民族性的集体创伤。"

安宁瞪大眼睛，他没想到会有这么专业考究的词汇从大萨满嘴里冒出来。

不等他反应，阿穆勒又说："很简单，民族文化与现代文明的冲击令族人们无所适从。无法找到自己位置的人开始酗酒，颓废度日。赵长松相信萨满与舍文的力量，族人们也相信，所以我来了。我来到森林里，我会永远守护在这里。"

他说着拍了拍手上的碎土。

安宁下意识地顺着他拨弄的土坑看去，只一眼，他便惊讶得微微张口。不需要阿穆勒再挖开了，他已经知道了，所谓的森林宝藏到底是什么。

在坚实的冻土中，埋藏着一对比雪还要洁白的、巨大的鹿角。想必，冰雪与黑土下的其实是一只驯鹿离去后的骨骼。这只驯鹿一定比亚兰还要硕大，如果它站起来，就是森林当之无愧的王子。

"破除那个诅咒的方法，我已经明白了。"阿穆勒静静地望着安宁，像他的名字一样，安静，沉凝。

"舍文就在这里，我们就在这里。"

"森林之骨，就在这里。"

阿穆勒说着，从腰间的口袋里取出一枚小巧的白色物什，放进安宁手心里："回到你的世界后，也不要忘了我呀，安宁。"

安宁的眼眶一阵发热，握在掌心里的是一支小小骨笛，就是阿穆勒在夜晚默默雕琢的东西。阿穆勒把森林之骨送给自己，提醒着他那些美妙而不可思议的一切并不是幻梦。

他解下自己的银链，将那枚珊瑚枝子也放进阿穆勒手中。

"那么我把大海的骨头送给你。"

安宁眼前有些模糊，他替阿穆勒将心底的那句话说出口："它替我和舍文永远守护你。"

敖乡办事处的大学生村官安书记有个绝技，他会吹骨笛。

据为数不多听过的人说，安书记那骨笛吹来吹去都只有一个调调。

不过很好听，调子非常温柔，还有点说不出的神秘感。安书记对此笑而不语，送给他骨笛的那个人很体贴，音孔打磨得不偏不倚，吹出来，正好就是夜里他曾听过的那首曲调。

如果他们的舍文真的还存在，想必正栖息在鹿角之上。

安宁回到敖乡以后，萌生出了系统学习驯鹿族语言的想法。他跑了好几家单位，终于借到了一本书页泛黄的《驯鹿族语词典》。他有很多词想学，想先用自己的嗓音念出那些声调。但等他真的翻开书，安宁抚摸着挂在颈子上的骨笛，仍是压抑不住心底的惊讶与柔软。

在那本词典上，它教给人们的第一个单词拼写作"a-m-ul"。

阿穆勒，意思是"安静的"。

完

"回到你的世界后,
也不要忘了我呀,安宁。"

图书在版编目（CIP）数据

异域少年. 荒野诡事/ 沈卿编著. — 武汉：长江出版社，
2024.9. -- ISBN 978-7-5492-9561-6

Ⅰ. I247.7

中国国家版本馆CIP数据核字第20248GC392号

本书由武汉游园会网络科技有限公司正式授权长江出版社，
在中国大陆地区独家出版中文简体版本。未经书面同意，不得
以任何形式转载和使用。

异域少年. 荒野诡事／ 沈卿编著.
YIYUSHAONIAN. HUANGYEGUISHI

出　　　版	长江出版社		
	（武汉市解放大道1863号　邮政编码：430010）		
选题策划	跳丸日月		
市场发行	长江出版社发行部		
网　　　址	http://www.cjpress.cn		
责任编辑	钟一丹		
特约编辑	许斐然	开　　本	889mm×1230mm　1／32
装帧设计	吴　彦　吴穆奕	印　　张	7
印　　　刷	武汉鸿印社科技有限公司	字　　数	160千字
版　　　次	2024年9月第1版	书　　号	ISBN 978-7-5492-9561-6
印　　　次	2024年9月第1次印刷	定　　价	39.80元

版权所有，翻版必究。如有质量问题，请联系本社退换。
电话：027-82926557(总编室)　027-82926806（市场营销部）